目次

ドアの向こうに

黒川博行

角川文庫
22377

1

竜王橋《りゅうおうばし》の登り口でタクシーを降り、側道を石《いし》川に向かって走った。堤防沿いの一方通行の府道には七台の警察車輛《しゃりょう》が駐《と》められ、三人の鑑識課員が附近の捜索をしている。

「現場は」

鑑識課員のひとりに訊《き》くと、課員は横を向き、あごで橋の方を示した。橋脚と橋脚の間に高いフェンスが設置され、中央部に出入口がある。工事期間中、橋の下をくぐる府道は通行止めになっているようだ。

《国道一六六号線、羽曳野《はびきの》市古市《ふるいち》竜王橋拡幅（下部工）工事》と書かれた標示板を横に見ながら、工事現場内に足を踏み入れた。雨のあたらない橋梁《きょうりょう》の下にパワーショベルやベルトコンベアなどの建設機械が並び、その向こうにはH鋼や鉄筋、バラスなどの資材が山と積まれている。地面はトラックのタイヤ跡が深く刻まれて畝《うね》のようになり、畝の底には油の浮いた泥水。注意して歩かないと、おろしたてのデザートブーツをどろどろにしてしまう。

工事現場の真ん中、ダンプカーの脇に総長がいた。コンクリート片に片足をかけ、グレーの作業服の男と話をしている。私は小さく手を上げ、総長のそばに行った。

「えらい遅うなりました」

「うん……」と、総長。

「じゃ、私はこれで」

作業服の男が一礼し、向こうへ行った。

「誰です、あれ」

「この現場の工事主任や」

「死体の発見者ですか」

「違う」

「ほな、発見者は」

「松本《まつもと》いう現場監督」

「どこです」

「現場事務所。係長が事情を聴取してる」

熱のこもらぬふうに答えて、総長は薄曇りの空を仰ぐ。

長身痩軀《そうく》、短く刈った白髪、垂れ気味の長い眉《まゆ》と丸く小さな眼。フルネーム、総田《そうだ》脩《おさむ》。大阪府警捜査一課、深町《ふかまち》班のベテラン部長刑事である。

私はジャケットのポケットからたばこを取り出した。

「その後、進展は」

「ない」

総長は私のたばこを一本抜いて、咥《くわ》えた。私はマッチを擦《す》って、

「検死は」

「もうすぐ終るやろ」

「わし、初めてですわ、バラバラ事件」

私は、竜王橋の拡幅工事現場で基礎《きそ》杭《くい》のコンクリート打設中、地中坑の底から切断された人間の頭部と両脚が発見されたとしか報《しら》されていない。朝の七時四十分、家を出ようとしたちょうどその時に係長の川島《かわしま》から電話がかかり、府警本部には寄らず、直接この現場に来た。淀川《よどがわ》区東三国《ひがしみくに》の自宅からここまで、電車を乗り継ぎ、タクシーを使って一時間四十分もかかった。

「ほいで、検視官はどないいうてます。死因とか死亡推定日時は」

「死因は今のとこ不明。死亡推定日時は二ヵ月以上前や」

「えらい曖昧《あいまい》ですね」

「それが、この首と脚、妙なんや」

「どう妙なんです」

「それは自分の眼で確かめんかい」

総長はにやりとして、「ま、こっち来い。百聞は一見に如《し》かずや」

たばこを捨てて靴先で踏み消し、先に立って歩きだした。

堤防寄りの廃土の山を越えると、前方に掘削機《くつさくき》が見えた。十五メートルほどもある高いクレーンの先端から鉄の爪を広げた分銅のようなものを吊《つ》り下ろし、その分銅の下には直径約一・五メートルの鋼管が丸い井戸枠のように地面から立ち上がっている。井戸枠のこちらにはヘルメットをかぶった白衣の検視官と、その後ろに鑑識課員が一人いた。

「さ、拝んで来い、仏さんを」

「総長は」

「わしは要《い》らん。この齢《とし》で刺激物は体に毒や」

掘削機のそばに行った。腐臭が鼻を刺す。検視官の足許《あしもと》には鮮やかなピンクのプラスチック製衣装ケースと、錘《おもり》に使ったとみられる泥にまみれたコンクリートブロックがひとつ、そして二本の人間の脚があった。

脚は膝《ひざ》をいっぱいに折った状態で、青いビニールシートの上に、何かの生物標本のように規則正しく上下に並べられている。ちょうど太腿《ふともも》の付け根で切断されたらしく、大腿部《だいたいぶ》の長さと、膝から下の脛《すね》の長さがほとんど等しい。全体が皺《しわ》だらけで、筋肉と脂肪が固く凝縮したようになり、ひどく干からびた感じがする。色は黒に近い緑がかった茶色、ふくらはぎと踝《くるぶし》のあたりに紫の斑点《はんてん》がある。腿の切り口の円形の大腿骨が、まわりの暗い紫色と隔絶して真白に際立って見える。

「こらミイラや……」

低く呟《つぶや》いた。と、それが耳に入ったのか、

「そう、ミイラですよ」

検視官が振り向いて、いった。額《ひたい》の抜けあがった神経質そうな男、齢は総長と同じくらいか。

「どこでどういう状態にあったのか、あまり腐敗はしていません」

「こんなん、先生は」

「何度か経験はありますね。冬、土中に埋められたような死体は、一部が屍蠟《しろう》化したり、ミイラ化したりすることもあります」

検視官は眼鏡を押し上げて、「推定年齢、三十五ないし五十歳の男子。死因不明。外景に創傷《そうしょう》なし。手術痕《しゅじゅっこん》等なし。あとは解剖でより詳しいデータを得ることでしょうね」

「首はそのケースの中ですか」

私は衣装ケースを指さした。高さと幅が四十センチ、長さは七十センチくらいだ。

「ごらんになりますか」

「ええ、そうですね」

いった途端、後悔した。つい口が滑ったのだ。私はいたってノーマルな人格を有しており、だから人間の生首を鑑賞するような猟奇趣味はない。

しかし、検視官は、

「臭いから、あなたが開けて下さい」

いって、数歩離れる。鑑識課員も脇へ寄った。

私は腰を屈《かが》め、衣装ケースの上蓋《うわぶた》を両手で持った。息を止めて、勢いよく開ける。

ケースの底、真ん中に首が据《す》わってこちらを向いていた。眼がない、鼻もない。唇もない。髪はざんばら、眼窩《がんか》は落ち窪《くぼ》んで空洞になり、鼻は大きな鼻腔《びこう》があるだけ。顔全体に濡《ぬ》れたような緑色の皮膚が薄く貼り付いて、上下の前歯が剝《む》き出しになっている。脳漿《のうしょう》だろう、粘液性の赤黒い液体が泥と混じりあって底にたまり、ところどころに塊がある。

私は蓋を閉じ、ふらふらと立ち上がった。血の気がひき、顔が蒼白《そうはく》になっているのが分かる。

「……これ、同一人物ですか」

吐き気をこらえて訊《き》く。

「どちらともいえませんな。頭部は腐敗、脚はミイラ……別人の可能性もあるでしょう」

「ということは、被害者《ガイシャ》は二人……」

胃液がこみあげてきた。

四月十日、午後四時、近大法医学教室から、川島係長が解剖所見を持ち帰るのを待って、古市署、三階の第二会議室に捜査会議が招集された。

出席者は、古市署から署長、副署長、刑事課長、捜査一係長、及び九人の一係捜査員、そして府警本部から班長、深町剛雄《たけお》警部以下、深町班の十一人。幹部連中は黒板を背にしてテーブルの向こうに陣取り、我々下っ端は折りたたみのパイプ椅子に腰かける。狭い会議室は人いきれとたばこのけむりで白くかすんだようになっている。

初めに、古市署署長から訓示。事件の早期解決に向けて全力を傾注せよと、型どおりの内容だった。

次に深町が立った。

「本日、四月十日の早朝、羽曳野市古市の竜王橋拡幅工事現場で死体が発見された。概要についてはみんなも知ってると思うが、ここでいったんまとめをつけとこ。質問や意見があったら、その都度発言してくれ」

胸を反《そ》らして一座を睥睨《へいげい》する。その三角に尖《とが》った頭頂部にはほとんど毛がなく、鼻はだんごで唇がやたら厚い。げじげじ眉に金《かな》つぼまなこ、背が低く、肥《ふと》っている。つまるところ、外見的には何ひとつ取り柄がない。その取り柄のなさを尊大さでカバーしようとするからなお始末が悪い。この態度の大きさがなければもう少しは昇進が早かったのだろうが、本人は捜一の鬼をもって任じているから、人から何と思われようとまったく意に介さない。刑事畑一筋の叩《たた》き上げで、その能力は誰もが認めているところだが、私にいわせれば仕事に没入しすぎて余裕というものがない。妥協とか寛容ということを知らない。だから、そばにいて息がつまる。正直いって、私は深町が苦手だ。

「剖検《ぼうけん》により、被害者は一人であることが判明した。これは、発見された頭部と脚のＡＢＯ式、ＭＮ式、Ｒｈ式による血液型の一致、及び足根骨《そっこんこつ》の化骨核《かこっかく》の発生状況と頭《ず》蓋骨縫合《がいこつほうごう》の癒着《ゆちゃく》消失状況等から被害者の年齢を推定した結果、これも一致するため、組織学的、生物学的に同一人物であると結論づけられた。被害者の推定年齢は四十ないし五十歳。推定身長、百六十センチ。栄養状態、良好。やや痩《や》せ型《がた》。左足内股《また》に小豆《あずき》大のアザ。骨折、手術創痕《そうこん》等なし。血液型、Ｂ。死亡原因不明。死亡推定日時、昨年十二月から本年二月。……なお、頸部《けいぶ》と大腿部《だいたいぶ》の切断には、庖丁《ほうちょう》、ナイフなどの鋭利な刃物と、目の細かいのこぎりようの器物を使用したと推察される」

深町は解剖所見の報告を終えた。ひとつ大きな息をついて、「しかしながら、問題はこの頭と脚の状態や。片や腐乱、片やミイラ。……ま、常識的には、犯人は死体をバラバラにし、いくつかの条件の異なる場所に首や手足を隠したと考えられる。そこでたまたま、脚がミイラ化してしもたと、そういうわけや」

「よろしいか」

深町班の吉永《よしなが》が手をあげた。「ミイラになりやすい条件いうのはどんなんです」

「それはやな……」

深町はまた解剖所見を取り上げた。付記事項があるらしい。「空気の供給が充分で湿気の乏しい場所。この場合、死体の腐敗現象は止み、水分の蒸発はきわめて速やかで、皮膚及び軟部組織は乾燥して革皮様となり、内臓の水分も蒸発して収縮する。痩せた人は肥満した人より容易にミイラとなる。……と、こう書いてあるだけや。参考にはなっても、捜査の足しにはならんな」

「脚はカラカラの土の中、頭は沼地にでも埋めてたんですかね」

吉永は冗談めかしていい、「付着してた泥は一種類だけですな」

「そう、基礎坑の泥だけや。……死体はビニールにでも包んで放置されてたんやろ」

「けど、おかしいですな」

総長がいった。「いったん別々の場所に隠した首と脚を、またひとつにまとめて衣装ケースの中に入れる……こらどういう理由《わけ》です」

「そら、その方が犯人にとって都合が良かったんやろ」と、深町。少し考えて、「ここで生半可《なまはんか》な推論を出したら、かえって混乱を招いてしまう」

低くいって、さも疲れたように腰を下ろす。

「ちょっとすんませんな」

前の方で声があがった。古市署の捜査員だ。極端な猪首《いくび》、角刈りの頭が肩にめり込んでいる。

「死体を発見した詳しい状況を教えてもらえまっか」

「それは、わしから……」

小さく手をあげて川島が応じた。手許《てもと》のメモ帳を繰《く》りながら、「竜王橋の拡幅工事は現在、橋脚の基礎を建設してる。工法はベノト工法とかいうて、ケーシングチューブいう直径一・五メーター、長さ六メーターの鋼管を三本継いで地中に埋め込む。それからチューブ内の土を掘削、排出し、その坑《あな》の中に鉄筋籠《かご》いう円筒に組んだ棒鋼を建て込んで、コンクリートを流し込むという段取りや。……ほいで、今朝は七時からＰ１坑にコンクリートを打設する工程やったんやけど、作業員がチューブの中を覗《のぞ》いたら、地下水の底に一メーターほど沈澱物《ちんでんぶつ》が溜《た》まってる。水はコンクリート打ちに何ら支障はないんやけど、泥はまずい。それで、揚水管《ようすいかん》を下ろして泥を浚渫《しゅんせつ》したら、底にピンクの衣装ケースが沈んでたというわけや。……あんな小《ち》っこいケース、埋めてしまえというて、コンクリート打ちにかかった時、運のええことに現場監督が来た。監督は衣装ケースを見て、ちゃんと引き揚《あ》げるようにいうたんや」

「引き揚げたんは、誰ぞが坑の底に降りたんでっか」

「地下水の水位は五メーターほどもあるし、溺《おぼ》れてしまうがな」

「ほな、どうやって……」

「クレーンから小型のバケットを吊《つ》り下ろして衣装ケースを摘《つま》み上げた。ケースはところどころに穴をあけ、蓋《ふた》を布テープでしっかり固定してあった。穴から流れ出た泥水がむちゃくちゃ臭かったそうや」

「その基礎坑を掘ったんはいつでっか」

「四月の八日」

「ということは、そこへ衣装ケースが放り込まれたんは、八日の夜から十日にかけて……」

「そう。犯人は十日の朝一番にコンクリート打設が行なわれることを知ってたと考えられる。そやし、現場の作業員にはかなり突っ込んだ事情聴取をせないかん」

「死体の胴体や手は、別の基礎《きそ》杭《くい》のコンクリートの中に埋め込まれてる公算が大ですね」

吉永がいった。

「それはない」

すかさず応じたのは深町だった。「うまいことに、コンクリート打設はＰ1坑が一番めや。あとのＰ2、Ｐ3坑を調べてみたけど、何もなかった。……もし、他の杭の打設が終ってたら、こいつはどえらい面倒なことになる。間一髪セーフというこっちゃ」

深町のいうことはよく分かる。いったん打ち込んだ百トン以上の杭を、それも死体があるかないか判らないものを掘り出して解体するには余程の覚悟と粘りが要る。府警本部の上層部に対する説得、建設局、土木事務所など関係官庁との折衝、事務手続き——考えただけでぞっとする。

「しかし、犯人は何でＰ2、Ｐ3坑に胴体と手を遺棄せんかったんや」

署長が訊《き》いた。

「Ｐ2、Ｐ3坑はまだ掘削中です」

深町の口調が改まった。さすがに、警視相手にぞんざいな言葉遣いはできない。

「それやったら、Ｐ1坑に棄《す》てたらええ」

「底に溜まってた泥の層の厚さは約一メートルです。衣装ケースを二つも放り込んだら、見つかるおそれがあります」

「なるほど、そういうことか」

署長は不承不承といった感じでうなずいた。

深町はテーブルに両手をついて立ち上がった。

「これからの捜査方針をいう。犯人が死体を損壊した目的はその運搬と遺棄を容易にすることにある。特にバラバラ事件の場合、流しの犯行というのはまず例がないから、犯人は被害者と何らかのかかわりを持ってたと考えて間違いはない。したがって捜査の第一は被害者の身許を割ること。死体に指紋はないし、面もほとんどないに等しいから、歯列をもとにしてその特定を急ぐ。保護捜索願いのリストをもとに、身体的特徴、年齢が相似している人物の調査を進める。そしてふたつめは、さっきも触れたように、犯人が死体の処分に橋脚の基礎工事を利用しようとしたこと。犯人は工事関係者か、あるいは土木建築に携《たずさ》わっているとみることができる。それから、三つめは遺留品や。衣装ケース、コンクリートブロックに関して、その出処を洗う。……と、以上。何ぞ意見は」

誰も発言しない。

深町はひとつ空咳《からせき》をして、

「帳場《ちょうば》はここ古市署に置くことになった」

——帳場とは捜査本部のことをいう。捜査一課長や刑事部長の意を受けて、府警本部長が設置するのである。

大阪府警捜査一課には全部で十の班があり、このうち、強盗事件班、火災専門班、特殊捜査班の三班を除くあとの七個班が殺人事件を担当する。各班は警部を長とし、その下に警部補が一人ないし二人、あとは巡査部長、巡査長八、九人の計十人から十二人編成となっている。班は事件発生と同時に、その事件発生地を管轄とする警察署に派遣され、事件が警察の規定でいう「本部長直接指揮事件」となれば、そこに帳場が設置されて部屋と電話が貸与される。また、署から十人ないし二十人の応援捜査員をもらえる——。

「今さらいうまでもないが、バラバラ事件いうのは報道関係からセンセーショナルな扱いを受ける。世間の関心も高い。大阪府警の威信を発露する絶好の機会でもあるから、ふんどし締め直して捜査に邁進《まいしん》するよう希望する」

最後は管理職らしい決まり文句で締めくくり、深町は長い演説を終えた。

それにしても、「ふんどし」と、「威信の発露」はそぐわない。

捜査会議のあと、総長と私は署外に出た。午後五時、日一日と日が長くなって、空はまだ明るい。

「さて、何を食う」

「さあ、何がよろしいかね」

近鉄古市駅に向かってぶらぶら歩く。かごに野菜を詰めた自転車の主婦が脇を走り抜ける。

「わし、二十歳を過ぎてこのかた、特に何が食いたいと思たことがない。普通、初老にさしかかった人間は、あと何べんしか飯が食えんと指折り数えて、せいいっぱい旨いもんを食おうとするらしいけど、わしにはそういう気がまるでない」

「そらどうしてですかね」

「教えたろ。わしはまだ若いんや」

「長い長いネタ振って、それがいいたかったんですか」

ちょうど蕎麦《そば》屋の前を通りかかった。

「おっと、蕎麦でも食おかい」

総長は立ち止まり、ショーウィンドーを覗き込む。「天ざるにしよか……いや、鴨なんばがええかな。にしんそばも旨そうや」

「どこが若いんです、どこが」

いって、のれんをくぐろうとした時、後ろから、

「ブンさん」

声をかけられた。

振り返ると、立看板の脇に、五十嵐《いがらし》がいた。踝《くるぶし》まであるような丈の長いトレンチコートをぞろりとはおっている。いつか聞いたが、何とかいうDCブランドで、けっこう値の張る代物らしい。

「ブンさんやない。わしのお名前は文田《ふみた》や」

「ほな、文田さん、何を食べはるんです」

「見たら分かるやろ。蕎麦や」

「ぼくもいっしょさせて下さい」

「好きにせんかい」

店内に入る。

窓際に席をとった。私の隣に五十嵐、向い側に総長。

五十嵐はおしぼりで、手と指先を丹念に拭《ふ》き、

「一課に配属されて最初の事件《ヤマ》がバラバラ事件、胸がキュンとなりますね」

かん高い声でいう。まわりの客の視線がこちらに集まった。

「もうちょっと静かに喋《しゃべ》れんか、え」

「すんません」

五十嵐はひょいと頭を下げて、「けど、見物《みもの》でしたね、あの生首。……髑髏《どくろ》に無花果《いちじく》

の皮をかぶせて、上からトウモロコシの毛を振りかけたみたいでしたわ」

「気分わるなったやろ。吐いたんか」

「平気、平気。臭いさえなかったら、部屋に飾りたいくらいです」

平然と言い放って、ケケケと笑う。初々しさというものがまったくない。

私はこの若僧が嫌いだ。機動隊から深町班に来てまだ二週間も経たないというのに、十年、二十年の牢名主《ろうなぬし》のような顔をして、茶の一杯も淹《い》れようとはしない。先輩の私に対してもやけに馴《な》れ馴れしく、あることないこと喋り散らす。齢は二十六。これといった功績もないのにその若さで本部捜一勤めになったのは、父親が警察ＯＢであるからだと私は考えている。父親は京都府下の警察署長を歴任し、警視正で退職したという。五十嵐は行儀見習いで、今、総長に付いており、ということは、この私とも行動を共にするのである。ひどく不満だ。

「ぼく、今度の事件、テレビで見たことがあります」

「ニュースの内容、どないやった」と、総長。

「いや、ニュースやないんです。……刑事コロンボ。ドラマですわ」

「どんなドラマや」

「ちゃんと憶《おぼ》えてへんのやけど、死体がなくなるんです。犯人は建築家で、コロンボは死体がビルの基礎に埋められたと考えて、その基礎を掘り起こすんやけど、死体は見つからへん。こらえらいこっちゃとしょげてると、その掘り起こした穴に犯人が死体を棄てに来て、そこをコロンボがひっ捕えるんです。今度、再放送があったら見て下さい」

「そら、ぜひとも見ないかんな。おまえさんの解説、何のことやらさっぱり分からん」

総長が苦笑したところへ、蕎麦が来た。

五十嵐は箸《はし》を割って、

「ね、ブンさん」

「文田さんや」

「ね、文田さん、ぼくら、これからどういう捜査をするんです」

「何や、聞いてへんかったんかい」

「会議いうのは退屈でね、つい、うとうとしてしもたんです」

「……遺留品捜査。衣装ケースを洗うんや」

「足で稼ぐ地道な捜査ですね」

「四の五のいうてんと、早《はよ》う食え」

2

——四月十一日は朝から雨が降っていた。午前八時四十分、私は帳場で総長と合流し、署のカローラに乗って古市をあとにした。むろん、五十嵐もいっしょだ。

国道一七〇号線を北上し柏原《かしわら》市、八尾《やお》市を抜けて東大阪市に入った。近鉄若江《わかえ》岩田《いわた》駅の北、菱江《ひしえ》の中小企業団地に二十数軒のプラスチック成型業者が集まっている。

「埃《ほこり》っぽい街ですね。ごみごみして、人の住むとこやないみたいです」

運転免許のない五十嵐が助手席でいう。運転する私は、

「それ、窓を開けて大声で喚《わめ》いてみい」

「そんなん、市民の皆さんに失礼ですわ」

「おまえとこはどないなんや。道行く人たちはみんな羽織袴《はおりはかま》に留袖《とめそで》を着とるんかい」

五十嵐の自宅は京都市中京《なかぎょう》の蛸薬師《たこやくし》にある。四条《しじょう》烏丸《からすま》から阪急電車を利用して府警本部に通って来るのだ。

「ぼくら京都人はこういう雑然としたとこは苦手です。どういうたらええんか、街のたたずまいに、こう、しっとりした落ち着きが欲しいですね」

「それは沈滞の裏返しや。京都にはこれといった産業がないから、変化しようにもそ

の活力がない」

「文化と伝統を優先してるんです」

「人間、文化と伝統だけでは、飯は食えんのやで」

「そら、大いに認識を改めてもらう必要がありますね。より良き伝統を保持しつつ、京都ほど進取の気風に富んだ地はあらへんのです。そやからこそ、維新の舞台にもなったんです」

「たまたま、そこに朝廷があったからやないか」

「朝廷すなわち文化です」

「はい、はい、そうでっか」

――菱江、企業団地に着いた。そのまま二百メートルほど走り、附近でいちばん大きな工場の敷地内にカローラを乗り入れる。

車を降りた。鉄骨スレート、平屋の工場の中には大型のプレス機が並び、壁際の棚には成型された赤いスタッキングチェアが山と積まれている。

私は工場の左、プレハブの事務所の戸を引き開けた。紺の上っ張りを着た眼鏡の男に、

「お仕事中すんません、ちょっとおうかがいしたいんですが」

「はい、何ですやろ」

席を立ってこちらに来た男に、総長が名刺を差し出した。

男は専務の増山《ますやま》と名乗り、私たちを奥の応接間に通してくれた――。

「うちも衣装函《ばこ》を作ったことはありますけど、こういう形は心あたりがおませんな」

衣装ケースの写真を手にした増山は首を傾《かし》げながらそういい、「上蓋《うわぶた》の形状からみて、これはたぶん東南アジアの製品ですわ。こういう付加価値の低い製品は、スーパーやディスカウントショップが直接海外から仕入れることが多いみたいです。そやし、そっちの方をあたってみはった方がよろしいで」

家庭用品の卸《おろし》問屋、及びスーパー、ディスカウントストアチェーンなどの小売店は桑原《くわばら》や後藤《ごとう》が担当し、私たちは製造元を洗っているのだ。

「この団地以外で、衣装ケースを製造してるようなとこ、ご存知ですか」と、総長。

「府下では摂津《せっつ》と和泉《いずみ》市に成型業者がようけ集まってますね。大阪市内は生野《いくの》区、旭《あさひ》区《く》、鶴見《つるみ》区に多いです」

「そうですか……。いや、ありがとうございました」

総長は腰を浮かす。

「あの、刑事さん」

「何です」

「衣装函、きのうのバラバラ事件の死体を詰めてたやつでしょ」

「ええ……」

「犯人、見つかりませんのか」

「それを見つけとうて、こうやって訊《き》き込みに歩いとるんです」

「函に指紋が付いてまっしゃろ」

「残念ながら付いてないんですわ」

「工事現場の作業員を取り調べたらどないです」

テレビや推理小説の影響だろう、最近はこの手合いによく遭遇する。半端な知識を振りまわしてプロの探偵にアドバイスをするのだ。

ご忠告、ありがたくいただいときます――。礼をいって、事務所を出た。

午前中に企業団地内のプラスチック成型工場の訊き込みを終え、午後は摂津をまわって一日が暮れた。帳場に帰着し、総長が深町の席に行って報告をする。

衣装ケースの製造元について手がかりはなし。この種のプラスチック製品は短期間のうちに大量に生産され、使用後の金型は廃棄されるので、少し旧《ふる》い型のケースだと、その流通経路を辿《たど》るのは難しいことが分かった。がしかし、分かったところで追跡捜査をやめることはできない。

「けっこうハードですね。訊き込みいうのは大変や」

椅子に背中をもたせかけ、眼がしらを揉《も》みながら五十嵐がいう。

「そら、機動隊みたいに時間割がないからな」

「そやけど、あれは体を鍛えなあきません」

「頭は使わんでええやないか」

「ブンさん」

「文田さんや」

「今のお言葉はちょっと失礼です」

五十嵐は上半身を乗り出して、「機動隊の連中が聞いたら気をわるうします」

自分がついこの間まで機動隊員であったことは念頭にないらしい。

――総長が戻って来た。壁の時計を眺めながら、

「八時やな。……帰ろか」

「はい、そうしましょ」

五十嵐が立ち上がる。「今から京都へ帰ったら十時ですわ」

「どこぞ下宿でもしたらどないや」

「こっちは部屋代が高いし、食い物《もん》もうひとつですからね」

「それやったらおまえ、何で大阪府警に就職したんや」と、私。

「京都府は広いでしょ。若狭《わかさ》湾や丹後《たんご》半島のあたりに飛ばされたらえらいことです」

「ちゃっかりしとるな」

私も立ち上がってジャケットを着た。

――近鉄古市駅から阿部野橋《あべのばし》、地下鉄御堂筋《みどうすじ》線に乗り換え、梅田《うめだ》で五十嵐は電車を降りた。総長と私はそのまま桃山台《ももやまだい》、東三国に向かう。

「な、ブン」

読んでいたスポーツ新聞を膝《ひざ》に置いて、総長がいった。「おまえ、五十嵐をいじめるな」

「いじめる……。そんなせこいことしませんで」

「しかし、おまえ……」

「わし、虫が好かんのです。あいつ、ふた言めには、ぼくら京都人は、とこうですわ。あれは明らかに優越感を持ってます」

「そんなふうには見えんけどな」

「知ってますか、昔から京都人と大阪人は仲がわるいんです」

「それはよう聞くな。けど、わしは丹波《たんば》篠山《ささやま》の産やから、ぴんと来ん」

「わし、大学の六年間だけ京都におったけど、同じ関西でありながら、こんなに気質や風土が違うんかと、びっくりしましたがな。何か街全体がデレッとして、祇園《ぎおん》祭の祭ばやしなんか生理的に嫌でした。祭りの晩は河原町《かわらまち》や寺町《てらまち》あたりの旦那《だんな》衆が家の戸を外して、先祖伝来の屏風《びょうぶ》や壺《つぼ》なんかを往来の人に、これ見よがしに展示するんやけど、それがどないしたといいますねん、え」

「汚いな、唾《つば》を飛ばすな」

「ああ眼福《がんぷく》です、結構ですねと、見る方も見る方や。けったくそわるい」

「おまえ、相当に歪《ゆが》んどるな」

「それに、もっと腹立つんが、あの碁盤の目。三条《さんじょう》や四条やいうても、同じような街並やから、さっぱり分からへん。ほいで京都の人にそういうたら、この田舎者という顔付きで、『こんなに道を分かりやすうしてるのに、あんたはんはよそのお人やから分からへんのどす』と、こうですわ。失礼極まりない。何が悲しいて、大阪の人間が京都の地理を知らないかんのです」

「そういや。おまえ、京都の女の子に横恋慕してふられたとかいうてたな」

「横恋慕やおません。女が二股《ふたまた》かけとったんです。……とにかく、京都人にとって、京都以外はど田舎、熊襲《くまそ》の国、まして大阪人なんぞというのは人間とみなされてません」

「偏見もそこまで行ったら大したもんや」

「京都の下宿のおばさん、これはええ人やったけど、何ぞいうたら、大阪はごみごみしてる、人間ががさつやと、小うるさいことはなはだしい」

「さしずめ、おまえは大阪人の典型やな」

「がさつで結構、ごみごみ上等、わしは大阪人としての気概と誇りを持ってます」

——と、電車が東三国駅に着いた。

「ほな、また明日《あした》」

一礼して、私は総長と別れた。

——そして二日。

衣装ケースの出処が判明した。つきとめたのは後藤と桑原のコンビで、彼らは北大阪の日用品小売店を訊き込みに歩いており、吹田《すいた》市のディスカウントショップ『丸正』で同型のケースが販売されていたことを確認した。

丸正の担当者によると、衣装ケースは神戸《こうべ》市長田《ながた》区の船山商会から五百二十個を仕入れ、昨年の冬から春にかけて販売したということだった。

後藤と桑原は船山商会へ出向き、衣装ケースが尼崎《あまがさき》市元浜《もとはま》の吉田樹脂工業で製造されたこと、製造個数は五千八百で、船山商会はこれを近畿《きんき》地方七社のスーパー、ディスカウントショップに卸したことを聴取した。

以上の情報をもとに、深町は捜査員を割り振り、四月十四日の朝、総長、私、五十嵐の三人は奈良県内に八つの店舗を持つチェーンストア、『サンイーグル』の統括本部を訪れた——。

「はい、そうです。仕入れは八百五十個で、販売価格は千七百円。完売しています」

家庭用品担当マネージャーはコンピューターのデータを読み取って答える。

「買《こ》うたお客さんの詳細までは分かりませんやろな」総長がいう。

「それは、残念ながら」

「八百五十個のうち、ピンク色は何個です」

「すみません、それも分かりかねます」

「そうですか」

総長はあごに手をあててしばらく黙っていたが、「いや、どうもありがとうございました」

いって、小さく頭を下げた。

統括本部を出た。奈良市法蓮《ほうれん》町、ＪＲ奈良駅に向かう。

「ひと言、いうてもよろしいですか」

五十嵐が総長に話しかける。

「何や」

「別に骨惜しみするわけやあらへんのやけど、こんなこと何になるんです」

「どういうこっちゃ」

「仕入れが八百五十個、千七百円……たったそれだけを確認するために大の男が三人も奈良くんだりまで出張する。電話で訊《き》けば済むことを、無駄としか思えません」

「そうか、そない思うか」

総長は立ち止まった。「立場を逆にして考えてみい。……スーパーのマネージャーであるおまえのとこへ、ある日突然、見も知らんやつから電話がかかって来る。相手は警察やといい、これこれこういうことを教えてくれと勝手な質問をする。……おまえ、親切に答えるか」

「さあ、それは……」

「第一、相手がほんまに警察の人間かどうか判らん。このくそ忙しいのに何をほざいてけつかると、そう思うんが人情や。ちょいと調べたら分かることでも、知りまへんなど返事するのと違うか」

「…………」

「こっちがそれなりの誠意を示してこそ、訊かれた相手もまじめに受け答えをしてくれる。応対してる時の相手の顔色、話しぶり、それを読むのも訊き込みなんやで」

「……よう分かりました」

五十嵐は唇をかむ。「つまらんことというて申しわけありません」

「謝ることはない」

総長は笑みを含んで、「それもこれも給料のうち。無駄の積み重ねの中に手がかりがあるんや」

　おどけるようにいって、またゆらゆらと歩き始めた。

　帳場に帰り着いたのは午後三時、深町のデスクの前に川島がいて、真剣な表情で何やら話し合っていた。

「おう、ちょうどええとこに帰って来た。これから京都に飛んでくれ」

　川島が我々を振り仰いでいった。

「何ぞありましたか」と、総長。

「割れたんや。被害者の身許《みもと》が割れたんや」

「ほんまですかいな」

「古川総次郎《ふるかわそうじろう》、五十六歳。住所は京都市東山区東九条《ひがしやまくひがしくじょう》。一月中旬に病院を抜け出して、二日後に、滋賀に嫁《とつ》いでる長女から保護捜索願いが出されてた。今朝、その長女が、うちの父親やないかと、大津《おおつ》署へ相談に行ったんや」

「それ、確認はとれたんですか」

「長女のいう左足内股《うちまた》のアザと下の前歯の金冠が死体の特徴と一致した。念のため、山《やま》さんが古川の通てた歯科医院へ向かってる」

「その、抜け出した病院いうのは」

「京都岩倉《いわくら》の京極《きょうごく》記念病院、結核が専門や。古川総次郎は一昨年《おととし》の暮れからそこに入院してた」

「古川は何で病院を抜け出したんです」

総長は傍らの椅子を引き寄せて坐《すわ》った。

「まだ詳しいことは分からんが、同室の患者と喧嘩《けんか》したらしい。相手に傷を負わせて、病院を飛び出したというこっちゃ。それからの消息はまだ摑《つか》めてない」

「病人のくせにえらい元気ですな」

「古川、前科《マエ》が三つある。あんまりまともな人生は歩んでへん」

――古川総次郎は三重県の度会《わたらい》町で生まれた。中学を卒業後、地元の合板製造会社に就職したが長続きせず、そこを辞めたあとは山林労働者として度会町、大宮《おおみや》町の飯場を渡り歩き、二十二歳で遠縁の娘と結婚し、娘が二人生まれた。そして三十二歳の時、妻子を連れて京都に移り住み、製缶工場、建設会社、ガソリンスタンドなどの職を転々とし、三十四歳で傷害事件を起こしている。これは立ち飲み屋の客を庖丁《ほうちょう》で刺し、三ヵ月の傷を負わせたもので、懲役四ヵ月の刑に二年の執行猶予がついた。この頃から古川の生活は乱れて、半年後には妻と離婚。以来、麻雀《マージャン》荘、玉突場、キャバレーのホール係などをしながら、その間に窃盗、寸借詐欺で、二度刑務所送りとなっている。別れた妻は五年前にガンで亡くなった――。

「こんなぐうたらな親父でも血のつながりというのはありがたいもんで、長女は何くれとなく古川の面倒を見てる。長女の名前は矢野《やの》悦子《えつこ》。だんなが大津で手広うクリーニング屋をやってるから、経済的に不自由はない。それで、古川に生活費を送ったりしてた。京極記念病院に入院させたんも悦子の世話や」

「了解。わしら、今から病院へ行くんですな」

「そういうこと。住所と電話番号はこれや」

川島はメモ用紙を総長に手渡した。

古市から梅田に出て阪急電車に乗り、京都四条烏丸着。五十嵐は通勤定期が使えたといって単純に喜んでいた。

地下鉄烏丸線で北大路へ。そこから歩いて左京《さきょう》区北山《きたやま》。遠く山の中腹のところどころに満開の桜を望みながら、深泥《みどろが》池を迂回《うかい》し、バスに二十分揺られて、やっと終点の木野《きの》にたどり着いた。西の空がほの赤い。

「たまには遠足もよろしいな。緑が多いし、空気が澄んでる」

「結核の療養にはこういうとこがええんやろ」

「子供の頃、ぼくら街中《まちなか》の人間は岩倉と聞いただけで、おそろしい田舎やと思てました。それが、宝ケ池《たからがいけ》に国際会議場ができたりして、急に開発が進んだんですわ」

——北へ十五分歩いて、急勾配《こうばい》の坂を上り切った小高い山の麓《ふもと》に、医療法人清高会京極記念病院が見えた。雑木林を造成した敷地の周囲にコンクリート打ち放しの低い化粧塀を巡らせ、手前がアスファルト舗装の駐車場、突きあたり正面に白磁タイル張りの三階建の病棟がある。

「しゃれた病院やがな。リゾートホテルみたいや」

「しばらく入院しはったらどないです」

「してもええけど、うちのけしパンばばあが飢え死にしよる」

総長は奥さんのことを〝けしパンばばあ〟と呼ぶ。けしパンばばあは丸顔で、眼、鼻、口が真ん中に小さく集まっている。独特の愛敬があって、私は好きだ。

病棟内に入った。受付に来意を告げると、事務員は川島から連絡を受けていたのだろう、先に立って我々を応接室に案内した。壁に生成《きなり》の麻クロス、床に薄いグレーのウイルトンカーペット、広い瀟洒《しょうしゃ》な部屋だった。

「ビール飲みたいな」

ソファに腰を下ろして総長がいう。

「看護婦を横に侍《はべ》らすというのも乙なもんでっせ」

「わしゃ、看護婦は苦手や。看護婦みたいな女は好きやけど」

「そら、安物のピンサロですやろ」

——ノック。男が入って来た。

「西野《にしの》です。古川さんを担当していました」

軽く一礼して、我々の向いに浅く坐る。糊《のり》の強くきいた白衣に細い縞柄《しまがら》のネクタイ、度の強そうな黒縁の眼鏡、眉《まゆ》に白いものの交じった温厚そうな人物だ。

総長は挨拶《あいさつ》のあと、手短に事件の経緯を説明して、

「そこでまず、古川総次郎が病院を出た状況から教えて下さい」

「そうですね……。一月の十八日でしたか、古川さんは同じ病室の、二階の東の四人部屋なんですが、桜田《さくらだ》さんという患者と喧嘩をしたんです。二人は普段からあまり仲がよくなくて、ことの起こりは、桜田さんが古川さんのラジオの音がうるさいと苦情をいったんです。それで、古川さんが桜田さんに食ってかかって、つかみあいになったんです。あとの二人の患者が止めに入ったんですが、その時はもう古川さんが花瓶を摑んでいて、桜田さんの顔に叩《たた》きつけたんです。額が割れて出血しました。騒ぎを聞きつけて我々が駆けつけた時は、古川さんは部屋にいなくて、それ以来、行方が分からなかったんです」

「その、桜田さんの怪我は」

「三針縫いました。そう大きな怪我じゃなかったし、古川さんも戻って来るだろうと考えて、その時は、警察には報《しら》せていません」

「ほいで、その翌々日に報せたというわけですな」

「大津の娘さんに電話をしたんです。古川さんから連絡がないというし、相談して、娘さんの方から保護願いを出してもらいました」

「古川さんの着替えとか私物はどないしました」

「処分するわけにもいかないから、まとめてロッカーに保管してあります。ご入用ならお預けしますが」

「あとで見せてもらいます」

「古川の交遊関係ですけど……」

私がいった。「揉《も》めごとを抱えてるとか、何かに怯《おび》えてるとか、そんな素振りはなかったですか」

「私の知る限り、そんなようすはなかったようですね」

担当看護婦や同室の患者からも事情を聞かねばならない。

「病院に呼び出し電話なんかは」

「それは分かりかねます」

事務員の事情聴取も必要だ。

「あの、所持金はどうでしたか」

と、五十嵐が口をはさんだ。「つまり、古川がここを出た時、お金を持ってたかどうか……」

新米の質問としてはそうわるいものでもない。

「どうでしょうね……」

西野は俯《うつむ》き、ゆっくりと顔をもたげて、「持っていなかったんじゃないでしょうか。パジャマにガウン姿で部屋を飛び出したそうですから」

予想外の答えだったが、考えてみればそのとおりだ。入院患者がスーツにコートなど着ているはずがない。

「履き物は何です」私が訊《き》いた。

「ゴム長でしょう。厨房《ちゅうぼう》の従業員が、失くなったといってましたから」

それにしても、古川はどこに消えたというのだ。――パジャマにガウン、ゴム長靴、ポケットに一円の金もない古川が木野のバス停に立っている図は想像しにくい。タクシーを拾うこととならできるかもしれないが、それもしっくり来ない。どこで誰に料金を払わせるのだ。

私は気を取り直して、

「古川は、どんな患者でした」

「率直にいって、あまりいい患者ではなかったですね。薬を嫌い、安静を怠り、医師や看護婦の指示に従わない。隠れてたばこを吸う。だから顕著な治療効果が得られないんです」

「すると、病状は……」

「典型的な難治性の老人結核症でした。一般に五十歳以上の老人の肺結核症は病巣の古いものが多くて、これは高年齢で結核にかかったという意味ではなく、むしろ青少年期に感染したものの悪化した例が大半なんです。古川さんの場合、せき、たんがあるくらいで、際立った自覚症状がないために、余計まじめな闘病姿勢をとってもらえなかったとも考えられます。……それと、古川さんは二年前に心筋梗塞《こうそく》の発作を起こしています」

「古川がここを出たんは一月十八日の何時ごろです」総長が訊いた。

「昼ちょっと過ぎ、一時半ごろでしたか」

「その日の天気は」

「雨は降っていなかったように思います」

「近くの道路に雪は積もってましたか」

「路肩には根雪があったでしょう」

「なるほど。そうですか……」

「じゃ、私はこれで」

西野は脇に両手をあてて立ち上がった。

「あ、それから、担当の看護婦さんにも話を聞きたいので、手が空いたらここへ来てくれるようにいうてもらえませんか」

「承知しました。伝えます」

西野は出て行った。

「さて、問題は古川の足取りや。病院を出て、どこへ行きよったか……」

「まず、近辺のタクシー会社とバス会社をあたってみなあきませんね」

「京福《けいふく》電鉄もまわらないかん」

木野のバス停の南には京福鞍馬《くらま》線の木野駅がある。

「詳しい地図が要りますね」

「事務室にあるやろ。コピーしてもらお」

「わし、古川は脱走して間もないうちに殺されたような気がします」

「厳冬期の山の中や。どこぞ雨のあたらん納屋みたいなとこに切断した脚を隠しとったら、腐る前にミイラになるかもしれん」

「散らばってたネタがだんだん形をなしてきましたね」

「まだおぼろげやけどな」

総長は組んだ両手を後頭部にあてて、ソファにもたれ込んだ。「喉《のど》、渇いたな」

「茶の一杯も出ませんね」

「ぼく、お腹が空《す》きましたわ」

五十嵐が情なさそうな声を出す。そういえば、三人とも昼飯を食っていない。

「食堂へ行ってパンのへたでももらうか」

――と、そこへノック。中年の看護婦が厚化粧の顔をのぞかせた。

「ただいま」

「お帰り。遅かったな」

編み物の手を休めて、おふくろがいう。私はジャケットを脱ぎ捨てて、座卓の前に腰を下ろした。

「京都へ行ってたんや。上賀茂《かみがも》の北の岩倉」

「知ってるわ。山の麓《ふもと》に実相院《じっそういん》いう鄙《ひな》びたええお寺があるんや」

「暇人はよろしいな、あちこち遊びに行けて」

「悔しかったら早《はよ》う年を取らんかいな」

「毎年ひとつずついただいとります」

おふくろは年金生活者だ。おやじが死んで以来二十年間、中学校で国語を教え、五年前に退職した。

「おまえ、ご飯は」

「食うて来た。梅田で総長に鮨《すし》をおごってもろた」

「総長はんも大変やな、こんなごみ箱みたいな大食いを連れ歩いて」

「誰がごみ箱や、誰が」

「そやかておまえ、何を食うてもあたったことがない」

「それもそうやな」

　つい納得する。

「さっき、電話があったで、伶子《れいこ》さんから」

　私の婚約者である。伶子と私は、五月に結婚する。

　私はゆるみそうになる口許《くちもと》を引きしめて、

「伶子、何ぞいうてたか」

「今度の日曜、いっしょに、マンションの本契約をしに行きたいんやて」

　私と伶子の新居は豊中《とよなか》市服部《はっとり》の賃貸マンションだ。駅から歩いて二十五分、２ＤＫで七万三千円の家賃はかなり安い。

「無理やな。事件のカタがつくまで、ちゃんとした休みはとれんやろ」

「かわいそうに、伶子さんもややこしい男にひっかかったもんや」

「あいつ、親父が刑事《デカ》やから、その辺のことはよう分かっとる」

　伶子のフルネームは総田伶子、そう、総田脩氏の長女である。私は伶子が高校生のころから彼女を見知っており、こましゃくれた妹分のつもりがいつの間にやら結婚の対象となってしまった。人生とは深遠なものであり、男女の仲は不可思議である。

「けど、結婚したら、総長はんはおまえのお父さんやな」

「ほんまにな。何ともよういわんわ」

「総長はん、伶子さんの話をするか」

「するわけない。男同士はそういうことを喋《しゃべ》らんもんなんや」

「ふーん」

おふくろは長い息をついて、「ほいでおまえ、今日は何を調べたんや、岩倉で」

「おれ、病院へ行ったんや」

「脳波でも検査してもろたんか」

「あほくさ」

私は仰向《あおむ》きになって、二つ折りの座ぶとんを枕にした。「おふくろ、被害者の身許が判明したことは知ってるな」

「晩のニュースで見た。古川総次郎という人やろ」

「古川は病院を飛び出したんや――」

私は捜査状況をかいつまんで説明し、「というわけで、看護婦や同室の患者からも事情を聞いたんやけど、主治医から聞いた以上の手がかりは摑《つか》めんかった。古川は病院中の嫌われ者で、出て行ってせいせいしたと、そんなことをいう患者もおったわ」

母ひとり、子ひとり、こうして毎晩、おふくろと私はその日あったことを話しあう。たいていは私が講釈師でおふくろが聞き役。私の教育がよろしいせいか、最近では、おふくろの口から指紋や血液型といった言葉が出て来る。ミステリーもよく読んでいるようだ。

「分かった。犯人が分かったわ」

「えっ……」

私は起き上がった。「やぶからぼうに何をいいだすんや」

「犯人、教えたろか」

「おもろい、教えてもらお」

「驚くなかれ、病院の全員や」

「あん……」あいた口がふさがらない。

「みんなで嫌われ者の古川を殺しといて、どこかへ行ったと口裏を合わせてるんや。アガサ・クリスティの『オリエント急行殺人事件』やがな」

「おふくろ」

「何や」

「長生きしてくれ」

3

京極記念病院から東へ二キロ、岩倉中町《なかまち》は農協や中学校、区役所の出張所などが集まった、いわば岩倉の中心地区である。

四月十五日、午前、私は岩倉中町のタクシー会社、長谷《はせ》交通を訪れた。長谷交通は三十二台の営業車を所有し、修学院《しゅうがくいん》、八瀬《やせ》、岩倉、鞍馬など、京福電鉄叡山《えいざん》線と鞍馬線をとりまく京都最北部を主な営業地域としている。

「お待たせしました」

配車係の坪井《つぼい》が事務室に戻って来た。「仮眠所と休憩室に八人ほどいてましたけど、誰も心あたりがないというてます」

いって、私に写真を差し出す。写真は、古川の長女から借り受けた総次郎のポートレートを焼き増ししたもので、これを私は十枚、ポケットの中に入れている。

「いや、この写真は休憩室の目立つとこに貼っといて下さい。古川を見かけた運転手さんがいてはったら、連絡をお願いします」

私はボールペンを抜き出して、写真の裏に帳場の電話番号を書き、坪井に渡した。

「ほな、これで失礼します」

長谷交通をあとにして、バス通りを南へ向かう。十二時五分前、そろそろ合流の時刻だ。

——岩倉農協前。バス停のそばに五十嵐が立っていた。ぼんやりと口をあけ、焦点の定まらぬ眼で空を仰いでいる。

私はそっと近づいて、

「五十嵐」

「あ、ブンさん」

「文田や」

「文田……」

「こら。誰が呼び捨てにせいというた」

「すんません」

「ほいで、どうやった、バス会社は」

「手応《てごた》えなし。一月十八日の午後に、木野と北山の間を乗務してた運転手は二人でした。会《お》うて写真を見せたんやけど、憶《おぼ》えがないといいました」

「こいつはどうも、長期戦になりそうやな」

「文田さんの方は」

「タクシー会社を二つまわったけど、手がかりなし」

「こいつはどうも、長期戦になりそうですね」

　同じことをいい、五十嵐は腕を組んでためいきをつく。

　私はたばこを咥《くわ》えて吸いつけた。

「たばこ、うまいですか」

「まあ、な」

「それ、体にわるいんですよ」

「いわれんでも分かってる」

「やめはったらええのに」

「そういうおまえは吸うたことないんか」

「ぼく、体が弱いから」

「顔は強いやないか」

　いって、大きくけむりを吐いた時、道路の向こうに総長の姿が見えた。ドーナッショップの角を曲がってゆっくりこちらに歩いて来る。しなくてもいいのに、五十嵐が手を振った。

　総長は自慢の白髪をひと撫《な》でしてから口を開いた。

「あかんな、駅員みんなに事情をいうて写真を見せたけど、誰も古川らしい男を目撃してへん」

総長は古川が京福電鉄鞍馬線を利用した可能性があるとして、木野駅と鞍馬駅の訊《き》き込みにあたっていた。

「こっちも収穫はなし。どないします、これから」

「飯や。飯でも食いながら作戦会議を開こ」

総長は踵《きびす》を返して歩き始めた。

――銀行の隣の小さな喫茶店に腰を落ち着けた。煉瓦《れんが》模様の合成タイル、長い間改装をしていないらしく、コテ仕上げの白壁がヤニ色に変色し、そのヤニ壁のあちらこちらにポスターや品書きが貼られている。ガラスの下にブラウン管を埋め込んだゲームテーブル、あずき色のモケット張りシート、最悪のインテリアだ。五十嵐と私は六百円のサービス定食、総長は九百円の和定食を注文した。

「班長にいうて、明日から応援をもらわんといかんな」

グラスの水を飲みほして、総長がいう。「手分けして、京極記念病院近辺の住民から話を聞くんや。いくら何でも、二人や三人は古川の姿を見かけた人間がいてるはずや」

「しかし、簡単にもらえますかね、応援要員」

「今日あたり、古市の訊き込みが一段落するから、何人かまわしてもらえるやろ」

竜王橋の工事関係者に対する個別の事情聴取と附近住民に対する訊き込み捜査であ

る。現在のところ、工事関係者の中に不審な人物はおらず、また注目すべき情報もない。

「古川の足取りを摑《つか》んだら捜査は大幅に進展する」

「バスや鉄道はともかく、タクシーはもっと広範囲な訊き込みをする必要があります」

「うん……」

総長はうなずいて、「これ見い」

上着のポケットから折りたたんだ地図を取り出し、グラスを脇にやってテーブルの真ん中に広げた。地図は、きのう京極記念病院でコピーしてもらったのを継ぎ合わせたもので、縮尺は一万二千分の一、岩倉を中心にして、八瀬、松ヶ崎《まつがさき》、上賀茂、向山《むかいやま》、鞍馬など、半径五キロの地域をカバーしている。

「ここが病院、これが旧街道――」

総長は地図の上を指でたどりながら、「古川が木野へ出てないと考えたら、あとはこの病院の裏道を西か東へ向かうしか方法《すべ》がない。東へ行ったら岩倉の町、西へ行ったら、山の麓《ふもと》を通って二軒茶屋《にけんちゃや》や。……常識的には東へ向かったと考える方がよさそうやな」

「裏道の途中からこっちの方へ向かったとは考えられませんか」

私は山を指さした。高さ二百四十八メートル、名称は記載されていない。おそらくハイキングコースになっているのだろう、一本の小道が尾根伝いに走って鞍馬に通じている。

「この尾根の道を登って東に降りたら、実相院を抜けて岩倉の町に出られます」

「なるほど。この道やったら、途中、人目につきにくいな」

「で、さっきの農協のあたりでタクシーを拾《ひろ》たというのはどうです」

いいながらも、私にはやはり首肯しがたいところがある。きのうも頭に浮かんだパジャマにガウン、ゴム長靴という古川の身なりだ。所持金もない。

「しかし、問題は古川の服装やで。真冬のくそ寒い時に、ガウン姿で町中《まちなか》をうろついたりするかな……」

総長も同じことを考えていたらしい。ひとつ間をおいて、「それにしても、くそややこしいこっちゃ。バラバラ事件いうのは、被害者の身許《みもと》が割れた時点で犯人《ホシ》の目星がつくもんやのに、古川のやつ、せんでもええ喧嘩《けんか》をしよったもんやから、いつ、どこで死んだかも分からん。ほんまに人騒がせなやつやで」

吐き捨てるようにいったところへ、定食が来た。総長は地図をたたんでポケットにしまった。

サービス定食はコロッケとエビフライだった。揚げてかなり時間が経ったのをレンジで温めなおしたのだろう、油が酸化して少し臭う。

「まずいな。京都に旨《うま》いもんなしとは、よういうたもんや」

「え、何ぞいわはりましたか」

と、五十嵐が反応した。

「いや、何もいうてへん」

「それをいうなら、名物に旨いものなし、です」

ちゃんと聞こえているのだ。

「六百円にしたら、上等の部類ですわ」

「かわいそうに、都大路《みやこおおじ》のお人は日頃、旨いもんを食うてへんから舌が麻痺《まひ》しとるんやな」

「ブンさん」五十嵐は口を尖《とが》らせた。

「文田さんや」

「少なくとも、大阪よりは京都の食べ物の方がずっとずっと旨いです。上品で、まろやかで、料理としての格が違いますわ」

「食い物に格なんぞあるかい」

「南禅寺《なんぜんじ》の湯豆腐、大原《おおはら》のしば漬、上賀茂のすぐき、保津川《ほづがわ》の鮎《あゆ》、貴船《きぶね》のアマゴ、タケノコ、クズ切り、和菓子……。どこへ行っても旨いものがあって、これこそ味の文化ですわ」

「それ、それ、そういうのが京都に旨いもんの少ない証拠や。そやし、どこそこの何が旨いとなったら、眼の色変えてそれに飛びつく。半日がかりでも出かけて食うて来る。その点、大阪はどこで何を食うても旨いから、かえって名物料理いうのが少ない。……どうや、分かったか」

「なるほど、まさにコンプレックスの裏返しですね」

「え、何ぞいうたか」

「いえ、何も」

「ええ加減にせんかい」

総長が割って入った。「目くそ鼻くそを笑う。同じサービス定食を食うといて、ごちゃごちゃいうな。横で聞いてるこっちの身にもなってみい」

「えらいすんませんな」

私はいって、「その和定食はどないです」

「どないもこないも」

総長はつまんだマグロの刺身を放り出して小さくいった。

「どえらいまずいがな」

喫茶店を出てバス通りを北へ行き、ガソリンスタンドの角を左に折れた。なだらかな坂を五百メートルほど上ると、道は舗装が途切れて急に細くなり、両側に深い木立が迫ってきた。新緑、森の匂い、遠くにせせらぎの音が聞こえる。あれは檜《ひのき》、それは杉、こっちは欅《けやき》や、解説しながら、山育ちの総長は上機嫌で歩を進める。五十嵐はただ、ふうふういいながらあとをついて来る。

山頂に立った。ここを南に降りれば、京極記念病院の裏道に出る。

「そう険しい道でもないな。これやったら少々の雪が積もってても歩ける」

「古川は器物で人を傷つけた。暴行傷害のあげくの逃走という意識があります。そやから、古川、病院を出てから、木野へ向かったというよりは、人目のないこの林道を登って来たと考える方が自然と違いますか」

「かもしれんな。……いや、ブンのいうとおりや」

総長は両手を腰にあてて大きく伸びをした。

――電話。眼が覚めた。

「おふくろ」

と呼びかけるが、返事がない。きのうから地区の婦人会の旅行に出かけていることに気づいた。

「しゃあないな」

起き上がって頭を振り、這《は》うようにして茶の間に入った。蛍光灯の紐《ひも》を引き、壁の時計を見上げれば、午前五時四十五分。窓の外はほんのり明るい。

くそっ、何時やと思てんねん、ひとつ毒づいてから受話器をとった。

「ブンさん」

能天気なその声は五十嵐だった。ひねりつぶしてやりたい。

「何やおまえ、モーニングコールを頼んだ覚えはないぞ」

「至急、出て下さい」

「……何ぞあったんか」

「心中です。現場は豊中の上新田《かみしんでん》。新御堂筋を五百メートルほど東へ入ったところに正徳寺《しょうとくじ》という寺があって、そこの隣です。『ハイム・アルカディア』、八階建の煉瓦《れんが》色《いろ》のマンションやそうですわ」

「心中？　殺しでもないのに、何でわしらが出張《でば》らないかんのや。それに、わしらは古川の……」

「詳しい事情は知らんのです。とにかく、すぐに出て下さい」

いうだけいって、五十嵐は電話を切った。

パジャマを脱ぎ捨てた。おふくろがいないので仕度にひどく手間どる。靴下ひとつを探すのに、あっちの箪笥《たんす》、こっちの抽斗《ひきだし》と部屋中をひっかきまわす。家を出たのは二十分後だった。

　現場はすぐに分かった。五十嵐から聞いたとおり、正徳寺の長い築地塀《ついじべい》の東隣に、そこだけぽつんと高い八階建のマンションが聳《そび》え、そう広くもない敷地のまわりを二重、三重のやじ馬がとりまいていた。何を見物できるわけでもないのに、この早朝からご苦労なことだ。

　人垣を抜け、ロープを跨《また》いで玄関から中に入った。エントランスホールの左横に管理人室、正面にメールボックス、右にエレベーターといった配置。エレベーターの前に制服警官が立っている。

　私は手帳を呈示して、

「部屋は」

「七〇三号室です。エレベーターを降りて左です」

　警官は姿勢を正して答えた。

「わし、心中とか聞いたんやけど……」

　いいながら、エレベーターのボタンを押す。

「そう、無理心中らしいです」

「ほな、男が女を殺してから自殺したんやな」

「いえ、女が男を殺したようです」

「そら、珍しいな。……手口は」

いった時、ドアが開いた。

「毒殺です」

警官の返事を背中に聞いてエレベーターに乗った。最近、消毒でもしたのだろうか、中は薬の匂いがする。

七階で降りた。リノリウムの床、コーヒー色の壁、廊下の先に主任の原田《はらだ》と、所轄署の捜査員らしいベージュ色のコートを着た中年の男がいた。二人はスタンド式の灰皿を前に置いて、たばこをくゆらせている。

私は近づいて、原田に、

「何で深町班が出たんです」

「竜王橋事件につながりがあるらしいと豊中北署から報《しら》せが入ったんや」

「それは」

「豊中北署の現場検証で、竜王橋殺人事件の記事が見つかったんや。朝日、毎日、読売の三紙と、週刊現代の特集記事の切り抜きがハトロン紙の封筒に、合わせて二十枚以上入ってた」

「しかし、その程度では……」

「その紙袋は、下駄箱の奥にあったんや。それも、女物のブーツの中に丸めて突っ込んであった。おかしいとは思わんか」

「確かに、ひっかかりますね」

「まだある。もう片方のブーツの中からは建築雑誌が見つかった。『現代建築』いう月刊誌や。これも臭うやろ」

「臭いますね。竜王橋の基礎《きそ》杭《くい》も建築がらみです。それに第一、切り抜きや雑誌を下駄箱に隠してるというのが気に入りません」

「というわけで、わしらが呼ばれたというこっちゃ。今後の展開如何《いかん》では、正式に深町班の担当になるかもしれん」

「けど、これ以上のお荷物はよう抱えませんで」

「文句は偉いさんにいえ」

「わし、権威には弱いんです」

いって、二人のそばを離れた。

七〇三号室、《池内彰子《いけうちあきこ》》と刻まれたプラスチックの表札を確認して、重いスチールの扉を引いた。

狭い玄関のすぐ左側がトイレとバスルーム。右側に納戸《なんど》らしき小部屋、その奥、つまり住居の中央にあたるところがリビング兼ダイニングルーム。そのまた奥に六畳ほどの洋室と和室。どの部屋も広くはないが、いちおう２ＬＤＫと呼べる間取りになっている。

　鑑識課員がそこここに陣取って、指紋採取や写真撮影、各種斑痕《はんこん》検査をしている。遺体は既に運び出されたのだろう、二体とも見あたらない。朝いちばん、大阪医大法医学教室で司法解剖に付されるのだ。

「ブン、こっちや」

　洋室から総長が顔をのぞかせた。

　私は靴を脱いで上がり、洋室に入った。左の壁際にセミダブルのベッド、枕許《まくらもと》にナイトテーブル、その上にピンクの電話機、右に小さな三面鏡と、上にミニコンポーネントステレオを載せたベンチチェストがあって、床のカーペットが見えている部分は二畳分もないだろう。突きあたりはベランダへ出るため、ガラスの二枚戸になっていて、水色のギンガムチェックのカーテンが吊《つ》るされている。ベッドの毛布やシーツにひどい乱れはなく、三面鏡の化粧品類も比較的きれいに整理されて、物盗《と》りが侵入したような形跡はない。

「さすがに早いですね。何時ごろ来ました」

「六時過ぎ、かな。散歩がてらに歩いて来たんや」

　総長はここから南へ直線距離にして約一キロ離れた住都整備公団竹見《たけみ》台《だい》団地に住んでいる。

「五十嵐、来てますか」

「まだや」

「あいつ、わしを呼び出しといて、自分は重役出勤かいな」

「そう責めたるな。京都は遠い」

「ところで、無理心中やそうですね。状況、教えて下さい」

「女が男に青酸を服《の》ませてから縊《い》死《し》したらしい。時刻は午前二時十五分」

「二時十五分とは、詳しい調べがついてますね」

「女が首を吊ったんはベランダや。手摺《てすり》に工事用のナイロンロープの端を括《くく》りつけて飛び降りよったもんやから、下の四階のベランダにぶつかってどえらい大きな音がした。四階のおばさん、戸を開いて出てみたら、アルミの手摺が折れてひん曲がった上に、すぐ鼻の先でネグリジェの女が白眼をあいてぶら下がっとる。仮死痙攣《けいれん》で手足をばたつかせてる上に、ロープの縒《よ》りが戻って回転するから、どえらい派手な死にざまや。おばさん、腰が抜けてしもて、アワ、アワいいながら死体とご対面や」

「おばさんのようすが眼に浮かびますね」

「めったにない貴重な体験や。二、三ヵ月は井戸端会議の人気者やろ」

「それであんなにやじ馬が多いんですな。首吊り見物や」

「ほいでおばさん、ハッと我にかえって、ギャーと金切り声をあげた。何とか部屋に這《は》い込んで一一〇番した。七分後には警官が二人駆けつけたんやけど、七〇三号室には錠がおりてる。管理人を叩《たた》き起こして錠をあけたら、今度はドアチェーンや。ワイヤーカッターでチェーンを切断して、部屋に入ったんは午前二時三十三分やった」

「中のようす、どうでした」

「どの部屋もまっ暗。警官が電灯を点《つ》けたら、居間のベンチソファの上で赤いジャージの男が死んでた。両手を胸の上に揃えて、ひと眼で死んでると判ったらしい。警官は男の死体には触れずに、この洋室からベランダに出て、女を引き上げた。居間に運び込んで、胸を叩いたりして、いちおう蘇生《そせい》させようとはしたけど、首がぐらぐらで頸椎《けいつい》を折ってるようやった」

「ここの表札は女の名前やったけど、ひとり暮らしですか」

リビングにも、この洋室にも、男の持ち物は見あたらない。

「そういうこっちゃ」

「男はジャージを着てたんでしょ。シャツとかズボンは」

「そこや。ブンの左」

「は……」

横を向くと、ベッドの手前に白木の扉があった。指紋が付着しないように、胸のポケットからボールペンを出し、把手《とって》に引っかけて扉を開けると、ぎっしり吊られた女のスーツやブラウスの間に、男物のもみ革のブルゾンとグレーのズボンが見えた。

「男は時々、この部屋に泊まってたみたいやな。和室の箪笥《たんす》の中に、男物の下着と靴下が三、四枚入ってた。洗面所の棚にもヘアトニックと整髪料が置いてあった」

「ここへ来てから、赤のジャージに着替えたというわけですな。……男の身許は」

「吉松《よしまつ》慎哉《しんや》、二十八歳。その革ジャンパーのポケットに札入れが入ってて、中に免許証や名刺、クレジットカードがあった」

「ほな、札入れは鑑識が持ち帰ったんですな」

私は洋服入れの扉を閉めて、「吉松が青酸中毒死やというのは」

「検死所見や。死体の口のまわりや嘔吐《おうと》物にアーモンド臭がある」

総長は答えて、「こっち来てみい」

先に立ってダイニングへ行く。

小さな二人用のダイニングテーブルの上には、ビール瓶とグラス、黒いプラスチックの灰皿、ピーナッツとおかきを入れた陶器の小鉢があった。グラスは空で、ビール瓶には底に三センチほどのビールが残っている。灰皿の中には、吸殻《すいがら》が五本。セブンスターが三本とバージニアスリムが二本だ。バージニアスリムに薄く口紅が付着しているのは、女が吸ったものらしい。

そして、テーブルの下、流し台の前の床にガラスの破片が散乱している。グラスが落ちて割れたようだ。

　ダイニングとリビングの境、アラベスクのタイルを模した茶色の塩ビシートとベージュのカーペットを敷き合わせたあたりに、少量の嘔吐物。中に未消化のピーナッツが散見できる。

　総長はダイニングテーブルを指さした。

「どうや、この状況を見て、ブンはどういう判定をする」

「そうですな……」

　私はあごを撫《な》で、「まず、男は自殺ではないと考えます」

「理由は」

「おかきとピーナッツがあること。青酸を飲み下すのが目的なら、つまみは要りません」

「ふむ、それで……」

「ここで男と女は差し向いでビールを飲んだんです。グラスの一方が床に落ちて割れていることからみて、青酸はビール瓶の中に溶かし込まれていたのではない。……たぶん、女が隙を見計らって、男のグラスに青酸を入れたんです。青酸を服まされた男はグラスを落とし、よろよろとリビングの方へ行こうとして倒れた。あの嘔吐物のあるとこで息絶えたんです。……女は死んだ男を引きずってソファの上に横たえ、手を組ませてナマンダブのひとつも唱えたったと、以上です」

「正解。ま、そんなとこで無理はないやろ」

総長はいい、「ただし、女は男を殺してからすぐに首を吊ったんやない」

「それは……」

「男の死亡推定時間は、午後九時を中心とする前後一時間。女は、男を殺したんはええけど、なかなか首を吊る決心がつかんかったんや」

「何ぼ異常心理やいうても、いざ死ぬとなったら、よほどの根性が要りますわ」

無理心中には、相手を殺すことで罪を犯し、その罪の清算をスプリングボードとして自分が死ぬという、そんな一面もある。

「女は池内彰子いう名前ですね。齢《とし》はいくつです」

4

「――三十三歳、職業はクラブホステスや」

川島はいちいち声に出しながら、黒板に書く。角ばった右上がりの癖字、筆圧が強いのか何度もチョークが折れる。

「勤め先は北新地《きたしんち》の『クアトロ』いう店で、格はいちおう一流とされてる。彰子の月収は手取りで七十万を超えるけど、同僚のホステス連中に聞くと、バンスの返済や、衣装代がかさんで、そう余裕のある生活でもなかったらしい。きのうの十五日、クアトロは定休日で、彰子は朝からずっと部屋におったと思料される」

「池内はいつハイム・アルカディアに入居したんですか」

吉永が手をあげて質問した。

「去年の八月三十日や。建ってすぐに入居した」

と答えたのは原田で、川島が〈8／30〉と黒板に書き込む。

四月十六日、午後五時、豊中市少路《しょうじ》の豊中北署。三階予備室に深町班の全員が集まって情報交換と確認をしている。

「家賃は何ぼです」山崎《やまざき》が訊《き》いた。

「ひと月、十二万八千円。保証金は七十万。契約の名義は池内彰子本人や」

「池内にパトロンは」

「以前は、おった」

川島がいった。「籠谷伸一《かごたにしんいち》いう歯医者で、医院は西天満《にしてんま》にある。籠谷は彰子との仲がよめはんにばれて、去年の二月に手を切った」

「そのあと、池内はフリーですか」

「今のとこ、吉松以外に特定の男の名前は浮かんでない」

「死んだ吉松は、池内とはどういう関係です」

「ま、いうたら、年下のペットみたいなもんやな」

吉松慎哉は北区堂山《どうやま》町の『ディキシーチキン』という従業員七人のバーでマネージャーをしている。きのう、吉松は午後五時ごろ、店に電話して欠勤を申し出た。

吉松の住所は福島《ふくしま》区玉川《たまがわ》二丁目。アパートの二階にひとりで暮らしていた。本籍は徳島県小松島《こまつしま》。四人兄弟の末っ子で、地元の私立高校を卒業後、大阪府高槻《たかつき》市の私立大阪文科大学に入学。学校に近い奈《な》佐《さ》原元町《はらもとまち》の文化住宅に部屋を借りた。

吉松は入学当時から、北区阪急東通り周辺のビアレストラン、パブなどでアルバイトをしており、三回生になって大学を中退。以降、スナック、ラウンジ、ホストクラブなどを転々とし、ディキシーチキンは昨年五月から働き始めた。

ディキシーチキンのオーナーによると、吉松の働きぶりは可もなく不可もなし。客あしらいはわるくないが、生来の遊び好きで、店を終えてからも他のバー、スナックを飲み歩くことが多く、月に二、三度は体の具合がわるいと称して欠勤する。金にもルーズで、よく給料の前借りをし、サラ金会社から店に電話がかかって来たりしたことから、オーナーは機会をみて吉松を辞めさせるつもりだったと、そういった——。

「吉松慎哉が池内彰子と知り合《お》うたんは、彰子がディキシーチキンの常連客やったからや。彰子は週にいっぺんくらい、クアトロが終ってからディキシーに顔を出してたそうやけど、従業員にいわしたら、初めは彰子が吉松にちょっかいを出して、吉松は彰子の金が目あてでその誘いに乗ったということや。実際、吉松は彰子に買《こ》うてもろたとかいうて、ロレックスの時計や十八金のブレスレットを見せびらかしたりしてたらしい」

「吉松、女にもてたんですか」

訊いたのは、女に縁のない桑原だった。私より三つ年上だが、まだ独身である。色彩感覚がなく服装の趣味がわるくて、あずき色のスラックスにモスグリーンのジャケットを着たりする。ま、グループ交際と見合い結婚しかできないタイプだ。

「ホストクラブに勤めてたくらいやから、女のあしらいはうまかったやろ」

川島は不機嫌そうに答えた。

「池内は痴話喧嘩《げんか》のあげくに吉松を殺《や》ったんですかな」

原田が発言した。

「動機はまだ何ともいえんな。それが分かったら、バラバラ事件の捜査も終る」

呟《つぶや》くようにいったのは深町だった。「下駄箱に切り抜きと建築雑誌があったことから考えて、池内彰子が竜王橋事件に何らかの係わりがあったことは確かや。池内の部屋には、本らしい本……単行本や文庫は一冊もなくて、活字と名のつくもんは芸能週刊誌と通信販売のカタログ、それと痩《や》せるためのノウハウ本だけ。新聞すら購読してへんような人間が、何の理由があって、三紙もの記事の切り抜きをしたり、難しい建築月刊誌を読まないかんのや、え」

深町はそこで言葉を切り、班の全員をひとりずつ見まわして、「わしは一課長に、この事件は深町班が捜査するべきやと意見具申して、了承を得た。そやから、今後は二つの事件をかけ持ちや。不眠不休でがんばってくれ」

誰も返事をしない。こうなることは最初から分かっていた。

「その切り抜きと建築雑誌の内容は」後藤が訊いた。

「今、現物は鑑識や。指紋を採取してる」

深町はデスクの上の封筒から、クリップでとめた紙の束を取り出して、「これはコピーや。眼を通しといてくれ」

全員に配る。私も受け取って、そのコピーを見たが、文字どおり、新聞の竜王橋バラバラ死体事件の記事を切り抜いただけで、手がかりになりそうな書き込みなどは一切なかった。そして、最新号の「現代建築」の方は表紙と目次をコピーしただけで、見開きのページには、

●建築月評――インテリジェントビルにおける形態と構造。
●特集――ポストモダン十年。
●作品――越谷《こしがや》市民センター他、十題。
●インタビュー――東京デザイナーズクラブ理事長、小林周平。
●フラッシュ――第八回、バウハウス建築模型展。
●コンペティション――広島芸術工科大学設計コンペ結果速報。
●リポート――施工図。基礎、柱、梁《はり》の接合部を読む。
●春日文庫育英会奨学生募集要項。
●編集後記。

――といった項目が並んでいる。

竜王橋事件につながりそうな記事は、強《し》いていえばリポートの「基礎、柱、梁の接

合部を読む」だろうが、専門外の私には確たる見極めができない。

「雑誌の記事の内容に関しては、鑑識から戻って来次第、詳細な検討をする」

と、深町はいう。私にもそれ以上の案は思い浮かばない。

「次、解剖所見を報告する」

川島がいった。「まず、死亡原因について、池内彰子は首吊《くびっ》りによる窒息死。ロープを首に巻いて飛び降りたため、頸髄《けいずい》離断、甲状軟骨、舌骨《ぜっこつ》の一部骨折を生じ、また、右側頭部、左上腕部、及び左大腿部《だいたいぶ》に皮下出血を伴う挫創《ざそう》が見られる。それと、吉松慎哉は青酸化合物を内服したことによる青酸中毒死。胃内容物は少量のビール、おかき、ピーナッツの他は何もなく、胃の内壁は皺《しわ》だらけで暗赤色、全体が粘液で被《おお》われている。胃とその内容物、腸の化学的検査をした結果、予備試験、本試験とも青酸の反応が認められ、その反応は極めて顕著であるため、吉松は相当多量の青酸を服《の》んだと考えられる。……両者の死亡時刻は、池内が午前二時十五分、つまり、ベランダから飛び降りたその時。吉松の死亡推定時刻は、検死所見と同じく午後八時三十分から九時三十分の間と、以上や」

――吉松慎哉の死亡時刻についてはこれを判定するための有力な手がかりがある。それは、現場検証と並行して行なったマンション住人に対する訊き込み捜査により、総長と私が七〇三号室の北隣、七〇四号室の主婦、亀井由美《かめいゆみ》から得た証言で、きのう午後九時ちょっと過ぎ、池内の部屋から男の喚《わめ》き声と女の悲鳴、何かものの倒れるような音が聞こえたということだった。声と悲鳴はすぐに止み、あとは静かになったので、由美は言い争いか軽い喧嘩《けんか》だと思い、あまり深くは気にとめなかったと語った。なお、七〇二号室の夫婦はその時刻には食事に出ていて部屋におらず、だから何も気づいたことはないと話し、七〇三号室の下、六〇三号室の家族も、物音は聞いていないと答えた——。

「池内彰子の死んだ二時十五分というのは、四〇三号室の主婦が首吊りを発見して警察に通報した時刻から逆算したんやけど、そのちょっと前、午前二時十分ごろに、南隣の七〇二号室の夫婦が彰子の話し声を聞いてる。泣いてるようなかん高い声で、それが耳について夫婦は眠られへんかったらしい」

「それ、ほんまですかいな」

すかさず口をはさんだのは山崎だった。「話の相手は誰ですねん、相手は。吉松は死んでるんでっせ」

「たぶん電話や。聞こえたんは池内の声だけやし、ドアチェーンがかかってたことからみて、室内に誰かがおったということはあり得へん」

「遺書がわりの電話でっか」

「かもしれん。……話は五分間ぐらい続いて、その直後に、池内は飛び降りたと考えられる」

「その電話の相手を特定したら、かなりのネタが摑《つか》めますな」

「そういうこっちゃ」

川島は相槌《あいづち》をうって、「ひとつ参考所見がある。池内彰子の膣《ちつ》及び子宮腔内から精液が採取された。血液型はＡや」

「吉松はA型でしたな。池内は吉松と情交したんですかね」

「たぶんそうやけど、決めつけるわけにはいかん。性交後、一週間や十日間は、精子が動きまわってる例もあるからな。……いずれにせよ、池内の男関係はきっちり洗う必要がある」

「吉松が部屋に入ったところを目撃した人間はいてませんか」

「吉松はもちろん、他の何者についても、目撃者はおらん。あのマンションは各階に五室しかないし、廊下で住人に出くわす可能性は少ない」

川島はチョークの粉を払いながらそういい、「他に質問は」

「特になし。現場検証のまとめをしてもらえまっか」

原田がいった。川島はうなずいて、

「青酸塩は……青酸カリやと分かったんやが、この使い残しの粉末が奥の洋室から発見された。ティッシュペーパーに一グラムほど包んであって、三面鏡の抽斗《ひきだし》の底に隠してあった。吉松の遺体の化学検査による青酸反応が極めて強かったことからみて、青酸カリは密封容器から取り出されてあんまり時間は経ってないらしい」

長時間、空気中に放置された青酸塩は分解風化して炭酸塩となり、毒性が著《いちじる》しく減弱する。その場合、死亡までの時間が数時間を越すこともある。

「そのティッシュペーパーから指紋なんかは」

「採れてへん。ごわごわの紙やし、無理やな」

川島は短く答えて、「七〇三号室から検出した指紋と掌紋《しょうもん》は現在、分別、照合中なんやが、特に注意を要するものとして、ダイニングのテーブルの上にあったビール瓶と空のグラス、床に落ちて割れたグラスがある。それで、これらをいちばんに照合したところ、ビール瓶と空のグラスに付着してたんは、池内彰子の右手の指紋と掌紋だけ。もう一方の割れたグラスには、予想どおり吉松の指紋が付着してた。……それともうひとつ、肝腎《かんじん》の青酸については、ビール瓶と空のグラスからは検出されず、割れたグラスにだけ反応があった。これはつまり、池内が吉松のグラスに青酸カリを混入して殺害したと、こう断定して間違いはない」

「他に何ぞ手がかりになるようなもんはおましたか」と、原田。

「ふたつある」

川島は即答した。「ひとつは、洋室のベッドから多数の毛髪が採取された。髪の毛、腋毛《わきげ》、陰毛といろいろあって、これらは池内と吉松のものと一致したんやが、中に四本、白い髪が交じってた。直毛で長さは七センチ、男の頭髪や。血液型はまだ判明してへん」

「吉松、白髪ではなかったはずやけど……」

「そう、そやから、これは重要なブツや」

「あとのひとつは何です」

「たばこの吸殻や」

「吸殻……」

総長がいった。「テーブルの上の灰皿の中にあったやつでっか」

「違う。それはテーブルのそばのごみの缶の中から見つかった。バージニアスリムとセブンスターの中に、一本だけ、ウインストンの吸殻が交ざってたんや」

「そいつはどうも、白髪の主と関係のありそうな気がしますな」

「と、わしも思う。明日あたり、吸殻に付着した唾液《だえき》の血液型が判明するやろ。それと、こいつは補足やけど、バスルームの湯ぶねに湯が……検証時には冷めてほとんど水に近い湯が張ってあった。湯の中に短い髪の毛が数本浮いていたことから、吉松が殺される前に入浴したものと考えられる」

「よっしゃ。報告はそれまで」

しばらく黙っていた深町がいった。川島を見て、「わるいけど、まとめてくれるか」

川島はチョークを持って黒板に向き直った。

▼池内彰子の交遊関係──→ベッドの頭髪（男の白髪）。吸殻（ウインストン）。電話の相手。建築、工事関係者。古川総次郎との接点。
▼同、金銭関係──→預貯金。貸借の詳細。
▼同、動機──→吉松殺害。縊《い》死《し》。
▼遺留品──→青酸カリ及びロープの入手先、方法。
▼吉松慎哉の交遊関係──→建築、工事関係者。古川総次郎との接点。
▼同、金銭関係──→預貯金。貸借の関係。

黒板が白く埋まるにつれて疑問点が整理され、捜査の要点が明示される。

「大したもんですね」

隣の五十嵐が耳許《みみもと》でいう。「首《くび》吊《つ》りからほんの十五時間しか経ってへんというのに、もうこれだけの調べがついて、全員がスタートラインに立ってる。さすが、花の捜一や。ぼく、見直しましたわ」

「ほなおまえ、今までどない思とったんや」

「いや、別に」

「正直にいうてみい、怒らへんから」

「……十手捕縄《とりなわ》的な職人気質の、気難しいおっさんの集団やと思てました」

「誰がおっさんや、どこが銭形平次《ぜにがたへいじ》や。わしら、投げ銭を持ち歩いとるんかい」

「怒らへんといわはったやないですか」

「だいたいがやな、おまえは……」

「こらブン、何を喋《しゃべ》っとる」

深町に一喝された。

五十嵐を睨《にら》みつけながら、私は小さくなる。

深町は班を二つに割った。川島係長を竜王橋事件捜査の頭に据え、自分は五人の部下を引き連れて豊中北署に移った。五人は原田、吉永、総長、五十嵐と、悲しいかなこの私。できれば、総長と二人で古市署の帳場に残りたかった——。

「何をぶつぶついうてはるんですか」

「何でもない」

「あ、あれですわ、籠谷歯科」

五十嵐が指をさす。

北区西天満。画廊や印刷所、食料品店などの建ち並ぶ商業地区の一画、前面にだけ鉄釉《てつゆう》タイルを貼った木造モルタルの建物の二階から、《籠谷歯科医院》と書かれた袖《そで》看板が舗道上に突き出していた。

「話はわしがする。おまえは黙って聞いとくんや、ええな」

いいながら、私はインターホンのボタンを押した。

籠谷伸一は私と五十嵐を院長室に通して、ソファに坐《すわ》らせた。診察を終え、衛生士たちが帰ってから、一時間以上、我々を待っていたという。

「えらい申しわけありません。遅うなりました」

「私も書類の整理をしていたんです。はかどりましたよ」

籠谷は革張りの椅子をこちらに向けてにこやかにいう。きっちり七、三に分けた白髪、べっこう縁の眼鏡、小鼻の張った大きな鼻、肥満体を水色の診察着に包んでいる。

「さて、何からお話ししましょうか」

「こちらの訊《き》くことにお答えいただけたら結構です」

「じゃ、訊いて下さい」

籠谷は深く坐り直して脚を組んだ。

「ほな、単刀直入に」

私は両手を膝《ひざ》に置いて、「池内彰子との関係について、お知り合いになったいきさつから」

「……そうですね、あれは三年前の夏でしたか、友人に連れられて、新地のクラブ……そう、クアトロに初めて行きましてね、横についたのが彰子だったというわけです。私は彰子が気に入って、週に一度はクアトロに顔を出すようになり、三ヵ月後には彼女をものにしました」

籠谷の話しぶりはいかにも明快、後ろめたさなど感じているふうは微塵《みじん》もない。

「で、それ以来、パトロンというか、経済的な援助をしてはったんですね」

「確かに、金はかかりましたね。小遣い、食事、プレゼント……月に三十万以上は費《つか》ったんじゃないかな」

「池内は先生に好意を持ってましたか」

「金ですよ、金」

籠谷はあっさりいった。「こんな小肥《こぶと》りの中年男が若い女性にもてるなんて、どう間違ってもありませんね。私は彰子に金をやり、彼女は私に体を提供する。お互い割り切った関係ですよ」

「で、先生は去年の二月に彰子と切れた。そうですね」

「そのとおりです」

「理由は」

「家内に感づかれましてね。ちょうど切れる潮時でしたよ」

「それ以来、先生は池内彰子に会《お》うてない？」

「ええ。一度もね」

そう答えた時だけ、籠谷は眼を逸《そ》らした。

私は間をおかず、

「ほな、去年の八月に池内が豊中のマンションに移ったことも？」

「存じません、まったく」

「失礼ですけど、先生の血液型は」

「ＡＢです。それが何か」

心なしか、籠谷の表情が硬い。

私は内心ほくそえんだ。刑事の勘に触れるものがある。豊中北署を出る前に、鑑識から連絡があり、彰子のベッドから採取した白髪の血液型がＡＢであることを知らされていた。

「実は、その、彰子のベッドの枕に髪の毛が付着してましてね。白い髪で、ＡＢ型なんですわ。それで、先生に髪の毛を二、三本抜いていただきたいと考えとるんです」

「それはどうも困りましたね」籠谷の声が小さい。

「念のため、指紋の照合もせないかんのです。ご協力いただけませんか」

強い口調でいった。返事がない。

「どないしてもらえんのなら、我々は先生のご家族に……」

「いや、参りました」

ふいに籠谷は膝を揃え、深々と頭を下げた。ゆっくり顔をもたげて、「彰子にアルカディアの部屋を借りてやったのは私です」

「先生、嘘は困りまっせ」

「申しわけない。別に隠すつもりはなかったんですが、つい言いそびれて。汗顔の至りですな」

暑くもないのに、籠谷はハンカチで額を拭《ふ》く。「こうなったら正直にいいます。四月十二日の夜、私は彰子の部屋に泊まりました」

――十二日、午後十一時半、籠谷は新地の喫茶店で彰子と待ち合わせ、鮨《すし》をつまんだあと、タクシーを拾ってハイム・アルカディアへ行った。彰子は少し酔っていて、部屋に入るなり、ソファに横になって寝息をたて始めた。籠谷は彰子の服を脱がせてベッドに運び、その横に寝た――。

「聞きにくいんですけど、その時、先生は……」

「もちろん、しましたよ、セックスは。それが目的なんだから」

「その、コンドームなんかは」

「つけました。彰子がそういったから」

「それで、使用済みのコンドームは」

「なぜ、そんなことまで訊くんです」

籠谷は口を尖《とが》らせる。さっきまでの殊勝なようすはどこにもない。

「池内彰子の体内に精液があったんですわ。A型です」

五十嵐がいった。

「A型？」

籠谷は舌打ちした。さも不機嫌そうに、「コンドームは捨てましたよ。トイレに。便器に捨てて流しました」

「その、マンションに泊まったこと、奥さんは」私が訊いた。

「むろん、家内は知りません。私は自宅が遠いものだから。……ええ、西宮《にしのみや》の甲陽園《こうようえん》です。医師会の懇親会でキタやミナミを飲み歩く時は、よくホテルをとるんです。彰子のマンションを出たのは十三日の朝八時、その足でここへ来ました」

「きのうの夜から今朝にかけて、先生はどこにいてはりました」

「アリバイ調べですか」

「ま、そういうことです」

「自宅です。長男が……神奈川の歯科大生なんですが、久しぶりに帰って来て、家族で酒を飲みました。そう、十二時過ぎまで飲んだんじゃないかな。そのあと風呂《ふろ》に入って、一時ごろ、寝《やす》みました。今朝は七時に起きて、朝食を食って……」

「いや、けっこうです。ありがとうございました」

私は軽く一礼して、「最後にひとつだけ。先生はたばこを吸いはりますか」

「吸いませんよ。あんな野蛮なものは」

いって、私の口許《くちもと》を覗《のぞ》き込む。「あなた、歯にヤニが付いてますね」

余計なお世話だ。

「やめようとは思てるんですがね」

私は立ち上がった。「確認のために、先生の髪の毛と指紋をいただきたいんです。もちろん、任意ですけど」

「いいですよ」

籠谷は白髪の頭に手をやりながら、「私、どうにかなるんですかね」

「どうにかなるというのは」

「つい、嘘をついてしまったから」

「そんな杓子定規《しゃくしじょうぎ》なことというてたら、日本中の刑務所は議員だらけになりますがな。そら、先生が犯人やったら、ここで手錠をかけますけど」

「わるい冗談ですな」

「ええ冗談は思いつかんのです」

籠谷の頭髪を二本と、十指の指紋を押し付けたセロハン紙をポケットに収めて、医院をあとにした。次は北新地のクラブ、クアトロだ。

「何とも、いけ好かんやつですね」

「俗物やな。世の中、金で買えんものはないという考えや」

「これぞ大阪人、いう感じですね」

「うん……大阪がどないした」

「何もいうてません」

—ゆっくり十分歩いて御堂筋、信号を渡って新地本通に入った。午後八時四十分、まだ人通りは少なく、酔客の姿はない。

「文田さん、もうすぐ結婚しはるそうですね」

「まあ、な」

「結婚、嬉《うれ》しいですか」

「嬉しくもあり、悲しくもあり。どちらともいえんな」

ほんとはとても嬉しい。ここでスキップしてもいい。

「相手は総長の娘さんやそうですね。美人やという噂です」

「ほう。その噂、誰から聞いた」

つい顔がほころぶ。

「総長です」

「あほくさ。娘の自慢してたら世話はない」

――本通りの中心部に八階建の赤いビル。近づくと、それはインド砂岩の赤だということが分かった。凝った外装だ。

エレベーターで三階に上った。クアトロはフロアの東半分を占めている。

《会員制》と、やくざ除《よ》けの金文字を象嵌《ぞうがん》した黒い漆塗りの扉を押した。

いらっしゃいませ、髪の長い女性が深くお辞儀をした。

「すんませんな。わしら、お客さんやないんです」

私は名刺を差し出した。「マネージャー、お願いします」

お待ち下さい、女性は奥へ行った。高いヒール、シームの入った黒いストッキングがいい。

ほの暗い店内は約二十坪、中央のホールを囲むように、七つのボックス席がゆったりと配されている。壁はライトグレーの厚板ガラスの突き合わせ、床はダークグレーのウイルトンカーペット、天井は艶消《つやけ》しの黒、全体が無彩色で統一された、私にいわせれば味も素っ気もないブティック風の空間である。奥のボックス席に二組の客がいて、そこに十人ほどの女の子がみんな集まっている。

白いスーツのマネージャーが来た。鼻の下に細く切り揃えた髭《ひげ》。

「彰子さんの件ですね」

「ええ、そうです」

「立ち話も何ですから、お掛けになりませんか」

「いや、我々は……」

「いいんですよ。お酒は出しませんから」

マネージャーは私と五十嵐を近くのボックス席に案内した。シートはスエードだ。

「初めに、池内彰子の交遊関係……つまり、友人とか、お客さんとのつきあい、それと親しい男友達について教えて下さい」

「のっけから難しい質問ですね」

マネージャーは内ポケットから薄い金色のシガレットケースを抜き出した。「友達はやはり、水商売の女性が多かったんじゃないですか。昼と夜が逆の仕事だから、どうしてもそうなっちゃうんですね」

内容のない答えだが、彰子の履歴を考えるとそのとおりかもしれない。

――池内彰子は市内旭区の商業高校を卒業後、大手スーパーに就職。二ヵ月の研修が終らないうちに退職して、いわゆるフリーアルバイターになった。主な仕事はパーティーコンパニオンで」これを一年近く続けたあと、南区玉屋《たまや》町のクラブ『彩《いろどり》』に入店。旭区の実家を出て、西区堀江《ほりえ》の1DKマンションに移った。

彰子が『彩』にいたのはちょうど二年、スカウトされて、宗右衛門町《そうえもんちょう》の『小池』、それから東清水《ひがししみず》町の『ハミングバード』と、二店の高級クラブ勤めを経て、三年前の夏、このクアトロに入店した――。

「実際のところ、女の子のプライベートな部分はほとんど知らないんです。ボーイフレンドはもちろん、殺された吉松さんのことも、ニュースを見て初めて知りました」

マネージャーはたばこに火を点《つ》けた。

「きれいなケースですね。ちょっと見せて下さい」

私はシガレットケースを受け取った。蓋《ふた》を開ける。中のたばこはキャメルだった。

「客の忘れ物なんです。ツケがたまっちゃって取りに来れないんですよ」

マネージャーは口許の髭に手をかざして、クックッと笑う。それが妙に女っぽい仕草で、二人きりにはなりたくないタイプだ。

私はシガレットケースを返して、

「池内彰子と籠谷伸一との関係、マネージャーは知ってはったんでしょ」

「そりゃあ、籠谷先生との仲は、店のみんなが知っていましたからね」

「籠谷の他に、彰子の客は」

「馴染《なじ》みのお客様はたくさんいました。あの子、水商売が長いから」

「特に親しい関係は」

「そうですね、籠谷先生以外には思いあたりませんね」

思いあたったところで喋《しゃべ》りはしないだろう。相手に迷惑がかかる。籠谷の名を出したのは、隠しきれなかったからだ。

「その馴染み客の中で、建築関係の仕事をしてる人は」

「調べれば分かるかもしれません」

「調べて下さい」

「時間、かかりますよ」

「けっこうです。分かるまでは何べんでもお邪魔しますから」

私はひとつ牽制《けんせい》し、「この店で、池内彰子といちばん親しかったんは誰です」

「真美《まみ》ちゃん、かな」

「どの子です」

奥のボックス席に視線を移した。

「あのピンクの花柄のジャケットがそうです」

髪は短めのフラッパー、白のスカート、向こうを向いているので顔は分からない。

「真美ちゃんを呼んでもらうわけにはいきませんか」

「すみません。今は仕事中ですから」

——と、そこへ、扉が開いて、スーツ姿の男が二人、入って来た。

いらっしゃいませ、お久しぶりです、マネージャーは声をかけ、たばこを揉《も》み消して立ち上がった。私も五十嵐を促して席を立ち、礼をいって店を出た。

——渋滞。タクシーの間を縫って、狭い通りを足早に歩く。

「どこへ行くんですか」

「パチンコ」

「へっ……」

「十一時まで時間をつぶす。それから、クアトロの前で張り込みや」

「何を張り込むんです」

「鈍いな。真美を拉致《らち》するんやないか」

「なるほど」

「おまえは帰ってもええぞ。京都は遠い」

「ぼく、パチンコ強いんでっせ」

確かに、五十嵐はパチンコが強かった。店に入って三十分もしないうちに、セブンを揃えて一台終了。次の台に移って、また二千個を抜き、閉店までに二万円以上を稼いだ。

私は十数台を転々として一万四千円のマイナス。大箱を足許《あしもと》に置いた五十嵐を横に見て、玉をくれともいいだせず、たばこを一箱灰にして鬱々《うつうつ》たる時を過ごした。

「出て来た。あれや」

日付が変わった零時五十分、スモークガラスの自動扉が左右に開いて、三人の女が姿を現した。中でいちばん背の高い花柄ジャケットが、クアトロの真美だ。できれば、彼女ひとりに話を聞きたい。

三人は並んで歩き始めた。私と五十嵐はそのあとを尾《つ》ける。間隔はあけない。梅田新道に出た。中華料理店の前で、一人が手を振って別れ、真美ともうひとりはタクシー乗り場に向かう。ここで捕まえるしかなさそうだ。

私は走って追いついた。

「ちょっとすんません、クアトロの方ですね」

と声をかけ、二人は振り返った。

「わしら、府警の捜査一課の者です」

「さっきお店に来はった刑事さん？」

真美がいった。切れ長の眼、少し上向きの鼻、ぽってりした唇。そばで見ると、かなりの美人だ。齢は二十三、四か。

「お疲れやとは思いますけど、例の事件のことでお話を聞かせてもらうわけにはいきませんか」

「いいですよ。私らに分かることやったら」

いって、真美は隣の女を見る。これも眼がくりっと大きくて、真美に負けず劣らずの美人だ。こういう事情聴取なら毎晩でもいい。

「申し遅れました。私、文田といいます。こっちは五十嵐」

「渋谷《しぶや》真美です。彼女は岸本《きしもと》裕子《ゆうこ》さん」

まるで合同コンパだ。

「ほな、お茶でも飲みながら」

私は交差点近くの喫茶店を指さした。

――店内はほぼ満員だった。勤め帰りの女たちがたばこをくゆらせながら声高に喋りあっている。意外に、アベックは少ない。

我々は奥のカウンターのそばに席をとった。真美と裕子はミックスジュース、私と五十嵐はコーヒーを注文した。

「今日のお店、彰子さんの噂で持ちきりでした」

真美がいった。「お客さんもいろいろいわはるし、何か、みんなで話の種にしてるみたいで、私、ものすごい嫌でした」

「すんません、またむし返すようで」

「いいえ、刑事さんはお仕事やから……」

「それで、まずお聞きしたいのは、池内彰子と吉松慎哉の関係ですわ。渋谷さんは知ってはりましたか」

「はい。私、ディキシーチキンにも、彰子さんといっしょに何べんか行ったことあります」

「吉松はどんな男でした」

「死んだ人をわるういいたくないけど、私、あのタイプは嫌いです。ハンサムやし、服のセンスもいいんやけど、何かそれを鼻にかけてるようで、女は誰でも自分になびくと思てるんです。彰子さんがトイレに立った隙に私を誘うたりして、私、彰子さんにいいつけました」

「そしたら……」

「彰子さん、笑《わろ》てました」

「彰子は吉松に惚《ほ》れてたんでしょ」

「そら、ちょっとは好きやったと思うけど、根は醒《さ》めてました」

「どういうことです」

「金の切れ目が縁の切れ目、私が貢《みつ》いでる間は尻尾《しっぽ》振ってくれると、そんなふうに彰子さんはいうてました。……そやけど、今思たら、彰子さんはほんまに彼のことが好きやったんですね。無理心中なんかするくらいやから」

「かもしれませんな」

私はうなずいて、「最近の池内を見て、何か思いつめてるようなようすがありましたか」

「さあ、変わりはなかったと思いますけど」

「吉松との間に揉めごとは」

「聞いてません、何も」

真美は首をひねって、「そういえば、彰子さん、二ヵ月くらい前はちょっとようすがおかしかったですね」

「ほう、それは……」

「あれは一月の末やったかな、彰子さん、お店を休んでアルバイトをすると私にいいました」

「バイト？　どんなバイトです」

「内容は知りません。けど、私の勘では、どこかのお金持ちとおつきあいするんやないかと思いました」

「おつきあいというのは、その、具体的には……」

「寝るんです、男と」

あっさり、真美はいった。「私もたまにはそういうプライベートな接待を持ちかけられることがあります。そやけど、私ら、コールガールやないし、いくらお金をもらっても、そんなことしません」

「彰子がそのバイトをしたん、いつでした」

「そう……」

真美は視線を上にやり、しばらく考えて、「一月の二十八日です。その日は、お店でアパレル会社のパーティーがあって、遅くまで大騒ぎでした。その会社の専務さんが、彰子さんがいないといって、えらくおかんむりでした。……そして次の日の夕方、中崎《なかざき》町の私のマンションに彰子さんが来たんです」

――彰子は今晩、部屋に泊めてくれといった。体の調子がわるいので店には出ないという。真美は彰子を部屋に残して出勤した。

「彰子さん、その次の日も私の部屋に泊まりました。理由は聞かなかったけど、豊中のマンションには帰りたくなかったみたいです」

「ほな、その日もクアトロには」

「そうです。結局、五日間、彰子さんはお店を休みました。二月になってからも欠勤が多くて、ママが怒ってました」

「なるほどね……」

私は相槌《あいづち》をうち、裕子の方を向いて、「岸本さんはどないです。池内彰子のことで、何か」

「うち、クアトロに入って間がないんです」

裕子は赤いマニキュアの指で長い髪を後ろに払った。「けど、いっぺんだけ彰子さんに説教されたことあります」

裕子の話し方は少し舌足らずで語尾にアクセントがある。かわいいけれど、知性は感じられない。

「うち、わる酔いして、アパートに送ってもろたんです。それで彰子さん、タクシーの中で、水商売なんかするもんやない。早《はよ》う足を洗いなさい、どうしても続けるんやったら、お金を貯めて店を持ちなさいというてました。うち、気分わるいし、吐きそうやったから、黙って聞いてました」

「池内の客に建築関係者はいてましたか」

五十嵐が唐突に口をはさんだ。「建設会社の社員とか、工務店の経営者、建築家、設計士、電気水道工事の職人……そんな客はいてましたか」

「そういえば、うちのお店、大森組と竹中建設の方がようお見えになります」

真美が答えた。大森も竹中も一部上場の建設会社だ。

「その中で池内と親しいのは」

「大森組の次長さんかな。彰子さん、時々、同伴出勤してましたから」

「次長の名前は」

「坂口《さかぐち》次長。大阪支店やと思います」

五十嵐はメモ帳を出して、それを書きとめ、「他に思いあたる客はいてませんか」

真美は黙って首を振る。

「渋谷さんは、池内や吉松の口から、古川総次郎いう名前を聞いたことありますか」

私が訊《き》いた。

「古川総次郎……」

真美は復唱して、「聞いたことありません。何をしてはる人ですか」

竜王橋殺人事件の被害者の名を真美は知らないようだ。もっとも、竜王橋事件と心中事件との関連については、捜査本部はまだマスコミ発表を控えている。

ミックスジュースとコーヒーが来た。事情聴取は中断。私はミルクを落としてカップを口に運ぶ。いつも砂糖を二杯入れる五十嵐が今日は生意気にブラックを飲んでいる。

「刑事さん」

ジュースをストローでかきまぜながら、真美がいった。「彰子さんは何で自殺なんかしたんです」

「そら、深いわけがあったんでしょ」と、私。

「あれは心中やのに、何で警察が調べるんです」

　素朴な疑問だ。

「池内は吉松を殺しとるんです。そやし、捜査をせんわけにはいきません。犯人は死亡してるから、最終的には被疑者死亡による不起訴処分いうことで決着するんやけど、一件書類はちゃんと揃えなあきません」

「ややこしいんですね」

「ややこしいけど、それでわしらは給料をもろとるんです」

「刑事さん、独身？」

「ええ。まあ……」

　首筋に手をやった途端、

「結婚しはるんです、もうすぐ」

　五十嵐がいった。「きれいなきれいな婚約者がいてるんです」

　こいつ、絞め殺してやりたい。

「悲しいかな、ぼくには相手がおらんのです。誰かいい人、紹介してもらえませんか」臆面《おくめん》もなく、五十嵐はいう。

「刑事さんて、おもしろそう」

と、甘えた声で応じたのは裕子だった。「犯人を捕まえて、手錠をかけるんでしょ」

「そう、かけるんです、手錠を」

「ピストルを撃ったりは」

「します、時々」

「かっこいい」

やってられない。

5

「そんな具合で、家に帰ったんが二時過ぎ。ひと風呂《ふろ》浴びて、ふとんにもぐり込んだら、一分もせんうちに寝てました。今朝、起きるのがつらかったこと」

「ほいで、五十嵐はどないした」

「曾根崎《ネソ》署へ放り込みました。仮眠室でいびきかいてますやろ」

「浮浪者やな、まるで」

といって総長が笑った時、戸が開いて、その浮浪者が帳場に現れ出《い》でた。おはようございます、と部屋の全員に愛想よく挨拶《あいさつ》をしながらこちらに来る。

「どないや、よう寝たか」と、総長。

「二段ベッドはあきませんね。ぐらぐらするから、何べんも眼が覚めました」五十嵐が答える。

「その割にはすっきりした顔してるがな」

「若さです、若さ」

こぶしを両肩に持って来て、膝《ひざ》を屈伸させる。なるほど若い。

「今日はどこです」

「おまえはカンヅメや」

私がいった。「机の前におっちんして、きのうのデートの結果を報告書にまとめるんや」

「了解。ブ……文田さんと総長は」

「箕面《みのお》へ行く」

「箕面……」

「きのうの夕方、箕面の主婦から帳場に電話がかかって来たんや」

総長が答えた。「主婦は四月十五日の夜、池内彰子と話をしてる」

彰子が吉松を殺したのは十五日の午後九時前後だ。

「そら、ええ手がかりですね」

「ええかわるいかは、詳しい事情を聞いてみんと、な」

言い捨てて、総長はすたすたと部屋を出る。

私はジャケットを手にしてあとを追った。

豊中北署は中国自動車道の二百メートル北、広大なゴルフ練習場の南隣にある。附近は千里《せんり》ニュータウンの開発に十年ほど遅れて造成された新興住宅地で、浜田ハイツとか川本マンションなど地主の名を冠した賃貸マンションが四車線の府道沿いに建ち並び、その周囲をコンビニエンスストアやファミリーレストランが取りまいている。

総長と私はブロックタイル敷きの歩道を停留所まで歩き、五分待ってバスに乗った。北へ向かう。

「箕面は秋がええな」

最後列のシートに腰を下ろすなり、総長がいった。「滝へ登る道筋で紅葉《もみじ》の天ぷらやほくほくの焼栗を売ってるんや。あれがまた旨《うま》い」

「焼栗やったら、そこいらのスーパーで売ってますがな」

「それは甘栗。あんなヤギの糞《ふん》みたいなもんが食えるかい」

「そんなこというたら甘栗が怒りまっせ」

「そやから、爆《は》ぜるんや」

――阪急箕面線の終点、箕面駅に着いた。ロータリーの手前、細い坂道を上る。けっこう勾配《こうばい》がきつい。

自治会館の角を右に折れた。左の三軒め、カイヅカイブキの生垣が目指す高岡俊江《たかおかとしえ》の家だった。木造の平屋、冠木《かぶき》門《もん》が厳《いかめ》しい。インターホンのボタンを押すと、すぐ返事があって、玄関からひっつめ髪の中年女性が走り出て来た。

総長と私は応接間に通された。十二畳の和室、床の間に古九《こく》谷《たに》らしい色絵の大皿が飾ってある。本物なら一財産だ。

「電話しようかするまいか、さんざん迷いました。どうにも気になるし、主人に話したら、さっさと豊中北署の電話番号調べて、ダイヤルをまわすんです。それで私、深町いう警部さんにわけを話しました」

――昨年九月、高岡俊江は箕面市牧落《まきおち》にある緑丘《みどりがおか》テニスクラブに入会した。ひと月後、池内彰子が同クラブに入り、同じ初級クラスでレッスンを受け始めたことから二人は親しくなり、午前の練習が終ったあと、いっしょに食事をしたり、お茶を飲んだりするようになった。

彰子は俊江に、二年前に結婚し、子供はまだいない、主人はパーティーコンパニオンの派遣会社を経営しているといった。彼女はテニスクラブにいつもタクシーを乗りつけ、服や装飾品など高価なものを身につけているので、かなり裕福な暮らしをしていると、俊江は思っていた。今回の事件でクラブホステスだと知り、とても驚いたという。

「池内さんに電話をしたのは、十五日の、そう八時二十分です。夜はご主人の会社の手伝いをしてるとかいうてはったし、たぶんいてへんやろなと、時計を見ながらかけたんです。そしたら、池内さんが出て、私、テニスの切符は要りませんかといいました」

「テニスの切符？」

「五月の一日に、大阪城ホールで女子テニスのトーナメントがあるんです。外国選手がたくさん参加するし、人気のある試合です。ひと月前に申し込んでた予約券が二枚当ったんです」

「その切符、池内は欲しいというたんですか」

「はい。池内さん、とても喜んで、絶対に行くといいました」

「絶対に行く、ね……」

総長は首を傾げてしばらく考え、「話の内容は切符の件だけですか」

「いえ、いろいろとクラブの噂話とか、お買物の話とか……」

「電話をしてる間、池内の部屋に誰ぞいてる気配はなかったですか」

「それは気がつきませんでしたけど、八時半ごろ、ピンポーンいう音がして、池内さん、『お客さんが来たから、またあとで』というて、電話を切りました」

「お客さん……」

総長は膝を乗り出した。「客が来たんですか、八時半に」

「はい。ピンポーンいう音を聞きました」

「こいつはまたけったいやな……」

総長は低く呟《つぶや》いて、「くどいようやけど、そのチャイムの音と、八時三十分いう時間は確かなんですね」

「ええ、確かです」

「お客さんが来た、という池内の言葉に間違いはありませんか。……誰かが来た、とはいいませんでしたか」

「お客さんが来た、です」はっきりと俊江はいう。

私には、なぜ総長が言葉にこだわるのか理解できない。「お客さん」も「誰か」も同じようなものではないか。

「私、新聞を見て、そのお客さんが、死なはった吉松いう人かなと思たんです。そやし、これはひと言、警察にお話ししといた方がいいのと違うやろかと……」

「いや、確かに貴重なお話ですわ。ありがとうございます」

「それと、私、十時ごろ、また池内さんに電話をしました」

「えっ……ほんまですかいな」

「テニスの予約券、お金を払って入場券に換えんとあかんのです。それで、どの辺の席にするか決めてなかったもんやから」

「池内は出ましたか、十時の電話に」

「五、六回コールしたけど、出ませんでした。お風呂でも入ってるんかと思て、その日はもう電話をしてません」

「池内は吉松の死体をそばに置いて、電話をとれるような状況やなかったんですわ」

「私、十一日にも、クラブで池内さんに会《お》うてるんです。いつもと同じようにお茶飲みながらお喋《しゃべ》りしたのに……」

俊江は小さくためいきをついて、「けど、怖いですね、人を殺すやなんて」

「ま、異常心理でっしゃろな。尋常の神経では、とてもやないが、できません」

総長はポケットからたばこを取り出した。

「あ、すみません、灰皿もお出しせずに」

俊江が立とうとするのを、

「けっこうです。これで失礼しますよって」

手で制して、総長は深く頭を下げた。私も両手をついて一礼する。

――高岡家をあとにした。総長はたばこをくゆらせながら、今度は下り坂をゆっくり歩く。

「四月十五日、午後八時半、池内彰子の部屋に来客があったという。……ブンはどない思う」

「どない思うて……そら、ほんまですやろ。嘘をついたところで高岡さんには何のメリットもありません」

「わしはそんなことをいうてるんやない。池内の言葉どおり、七〇三号室に客が来たとして、その客は何者かということっちゃ」

「ほな、総長は、その客が吉松慎哉ではないと……」

「よう考えてみい。彰子の体内にはA型の精液があったやろ。これはつまり、吉松のものとみて無理はない」

「はあ……」

「隣の主婦の証言によると、吉松は午後九時すぎに死んだ。解剖所見でもそうなってる。八時半に部屋に入った吉松が、彰子と一回やって、すぐそのあと風呂《ふろ》に入り、それから彰子と差し向いでビールを飲む。たった三十分で、あまりにも急《せか》らしいとは思わんか」

「思います。……思いますけど、あの精液については、必ずしも吉松のものであると決めつけられません。情交も犯行当夜になされたとは断定できません」

「しかし、吉松が風呂に入ったことは否定できんのやぞ」

「それはそのとおりですけど……」

「わし思うに、吉松慎哉は八時半よりずっと前、昼すぎか夕方に七〇三号室に来よったんや。ほいで、彰子とちちくりおうたあと、風呂に湯を入れさせた。ベッドのそばの灰皿に吸殻があったんは、かなりの長い間、二人がベッドの中におったことを示してる」

そういえば、ベッドの枕許《まくらもと》の小さなガラス製の灰皿には、十数本のバージニアスリムとセブンスターの吸殻があった。

「彰子が『お客さんが来た』というたんは、ほんまなんや。ほんまに客が来たんや。その時、吉松慎哉は部屋の中におったんや」

「チャイムを押したん、集金人とか勧誘員とは考えられませんか」

「彰子は『お客さん』というた。集金や勧誘なら『誰か来た』というのが普通や。それに、すぐ電話を切ったというのも気に入らん。これは要するに、その客との応対が長びくことを彰子は予期してたということでもある」

総長が言葉にこだわった理由が今やっと分かった。俊江と話をしながら、そこまで読んでいたのだ。

私は立ちどまった。

「分かりました。わし、総長の説を支持します」

「支持もへったくれもあるかい。わしゃ事実を述べとるんや」

「しかし総長、その説を立証する手段《すべ》がありますか。三十分のうちに、女と寝て、風呂に入って、ビールを飲む。急《せか》らしいけど、できんことはおませんで」

「わしに考えがある」

「何です」

「これから大阪医大へ行くんや」

低くいって、総長はまた歩き始めた。

司法解剖とは、加療中の病人の死亡や明らかに自殺と判定されたものを除いて、少しでも他殺の疑いのある死体を、裁判官の令状をとって、警察がその職権で解剖することをいい、大阪府下を五つの地域に区分けして、事件発生地が北摂《ほくせつ》方面の場合、遺体は高槻市の大阪医科大学へ運ばれるようになっている。

池内彰子と吉松慎哉は大阪医大法医学教室で司法解剖を受けた。

「——というわけで、その、いつ情交がなされたかについて、先生の率直なご意見をいただきたいと思いまして」

総長は執刀医、安西義正《あんざいよしまさ》にいう。

中庭に面した助教授室、窓の外のヤマモモの木に赤茶色の花が咲いている。春の日射しが柔らかい。

「率直な意見ですか……」

安西は組んでいた腕を解《ほど》いた。眉《まゆ》が薄く、頬のそげた腺病質《せんびょうしつ》な顔、細い指先でメタルフレームの眼鏡をしきりに押し上げる。

「ご存知のように、精虫の生存期間というのは、女性器のpH《ペーハー》によって大きく影響されますから、あまり断定的なことはいえません。ぼくが膣《ちつ》内の体液を採取して顕微鏡で覗《のぞ》いた時、精虫はまだ半分以上が活動してましたから、誤解をおそれずにいえば、性交後二十時間以上は経過していないと考えられますね」

「ということは……」

「十五日の午前から夜にかけてでしょうね、池内彰子の体内に射精があったのは」

「情交の相手を、吉松と断定することはできんのですね」

「それは危険ですね。吉松の性器も調べましたが、精虫は付着していません」

吉松は彰子の部屋で風呂に入っている。尿道中の精液も一度放尿すれば、きれいに洗い流される。

安西はまた腕を組んで、

「しかし、総田さんはなぜそんなことをお調べになるんです。現場の状況をみて、吉松と池内が関係したことに疑いはないのでしょう」

「九九パーセント、間違いはおません。けど、わしは確証が欲しかったんです」

「その理由は」

「午後八時半、池内の部屋に客が来た。その客が吉松慎哉でないことを立証したいんですわ」

「ほう、そうですか」

興味なさそうに安西は相槌《あいづち》をうつ。

もう彼に訊《き》くことはなさそうだ。

大阪医大を出て、駅前の商店街にさしかかり、総長は米屋の店先の公衆電話ボックスに入った。科捜研に連絡して、ウインストンの吸殻に付着した唾液《だえき》の血液型を訊くという。

総長を待つ間、私は近くのたばこ屋に走って、バージニアスリムを買った。封を切って吸いつけると、軽く癖のない、私には頼りない味だった。

総長がボックスから出て来た。腹減った、何ぞ食お、いって米屋の隣の洋食屋の扉を押す。

カウンターに並んで坐《すわ》り、総長はオムライスとオニオンスープ、私はコロッケ定食を注文した。

「どうでした、検査の結果、出てましたか」

グラスの水で口を湿して、私は訊いた。

「ついさっき判明した。O型や」

「ほな、あのウインストンは……」

「そう、吉松が吸うたんでも、池内が吸うたんでもない。たぶん、八時半の客が吸うたんや。ウインストンの空箱は七〇三号室のどこからも発見されてない」

「ケチをつけるようでわるいけど、マンションのおばさん連中とか、新聞の勧誘員なんかが、部屋に上がり込んでウインストンを吸うたとは考えられませんか」

「そら、ないこともない。池内の周辺を洗いながら、ひとつひとつつぶして行く他に手はないやろ」

総長はポケットからメモ帳を出して、カウンターの上に広げた。「吉松慎哉は、十五日の午後五時ごろに、ディキシーチキンに電話をして、今日は休むというた。ということは、その時点では池内と会う約束ができてたか、あるいは既に池内の部屋におったと考えられるから……」

時間経過に従って、関係者の行動と状況を書き込んで行く。

●PM5・00すぎ――吉松、七〇三号室に（いる）入る。彰子と情交。入浴後、ジャージに着替える。

●PM8・20――高岡俊江から電話。彰子が出て話す。

●PM8・30――玄関のチャイムが鳴る。彰子、「お客さん」といって、電話を切る。

●PM9・00――七〇三号室で男の喚《わめ》き声、女の悲鳴。（吉松死亡）

●PM10・00――高岡俊江が電話。応答なし。

●AM2・10――七〇二号室の夫婦、彰子の話し声を聞く。（泣いているような声、数分続く）
●AM2・15――池内彰子、縊死《いし》。
●AM2・17――四〇三号室の主婦から一一〇番通報。
●AM2・24――豊中署から二人の警官。七〇三号室は施錠、ドアチェーン。
●AM2・33――部屋に入り、吉松の死体を発見。署に連絡。

「――と、こんな具合になるのと違うか」

「漏れはないように思います」

「ここでわしが気になるのは、この二時十分の彰子の話し声や。帳場は、池内がどこぞに電話をしたと決めつけてるけど、部屋にその話の相手がおったとは考えられんか」

「その相手が八時半の客やといわはるんですか」

「大胆すぎる発想かもしれんけどな」

総長はカウンターに片肘《かたひじ》ついて、たばこを咥《くわ》えた。私はマッチを擦りながら、

「けど総長、七〇三号室は施錠されてて、おまけにドアチェーンまでかかってました。池内が首を吊《つ》ったあと、その八時半の客が部屋を脱け出すというのは、いくら何でも不可能です」

「そう、ブンのいうとおりや……」

総長はためいきまじりのけむりを吐いた。

「あの部屋は七階です。ロープで下に降りるてなことできへんし、ベランダは各戸独立式やから、隣へ行くこともできません。それに、彰子が首を吊ったすぐそのあとに、四階のおばさんがベランダへ出て金切り声をあげてます。声で眼を覚ました他の住人が窓から顔を出したり、マンションの裏庭にぞろぞろ出て来たから、不審者は必ず眼につきます」

「やっぱり、池内は電話をしたんやな」

「そう、したんです、電話を」

「相手、誰や」

「さあ、誰ですやろ」

「話の内容は」

「吉松を殺した、私も今から死ぬと、そんなとこです」

「それやったら、何で通報がないんや。池内の首吊り、電話の相手は知ってるはずやないか」

「………」

「気に入らん。わしゃ、気に入らんぞ」

総長はこぶしでカウンターを叩《たた》いた。「この事件はしっくりせんことが多すぎる」

――午後二時、豊中北署。私は三階の鑑識に行って、今朝渡した籠谷伸一の頭髪と指紋の検査結果を聞いた。頭髪と指紋は七〇三号室から採取、検出されたそれと一致していた。

二階の帳場に戻ると、総長は深町のデスクの前に椅子を持って行って、何やらぼそぼそと話し込んでいた。八時半の来客がよほど気になるらしい。

五十嵐はボールペン片手に、机にかじりついて唸《うな》っている。

私はそっと五十嵐に近づいた。手許《てもと》を覗くと、報告書はまだ三枚半も書いていない。

「遅いな、え」

「あ、文田さん」

振り仰いで、五十嵐はいう。「ぼく、デスクワークは性に合いませんわ」

「これから先、三十年は書かないかんのやぞ」

「せいぜい十年ですね。それからは、読む方にまわります」

「ほう、えらい出世志向でございますね」

「今日び、縁の下の力持ちいうのは流行《はや》りません」

「ブン、ちょっと来い」

総長に呼ばれた。

「字、間違うなよ」

いって、五十嵐のそばを離れた。

「何です」

「おまえ、五十嵐連れて福島へ行け。吉松のアパートや」

福島区玉川二丁目の吉松のアパートは、今朝から本格的な家宅捜索が入っている。

「しかし、五十嵐はまだ報告書を」

「あとで、おまえが書いたれ」

横から口を出したのは深町だった。「ボーッとしてんと、早《はよ》う行かんかい」

「了解。行きます」

答えて振り返れば、五十嵐は立ってジャケットに腕を通していた。

千里中央《せんりちゅうおう》から北大阪急行で梅田、ＪＲ環状線に乗り、野田《のだ》駅で降りた。改札を出て、細く入り組んだ道を南へ向かう。五十嵐はもの珍しそうに周囲を眺めながら、私の後ろをついて来る。話しかけられたくないから、並んで歩かない。

阪神《はんしん》高速道路の高架をくぐって、製缶工場の塀沿いにしばらく行くと、左側に食品工場があった。たくあんの匂いがする。

「成和の福神漬……。こんなとこで漬物を作ってるんですね」

「中央市場が近くにあるんや。材料を仕入れやすいんやろ」

「こういったマスプロ生産の漬物、食べる気しませんね」

「わしゃ、漬物嫌いや」

「そらもったいない。日本人として大いにもったいない」

「キムチなら食うぞ」

「うちの家から一筋上ったとこに、それは美味《おい》しい美味しい漬物屋さんがあるんですわ。売ってるのはすぐきだけ。一日、一樽《たる》しか売らへんもんやから、朝の六時からお客さんが来ましてね、九時に店を開ける頃には二百人くらいが並んでますねん。それで、樽が空いたら、その日の商いは終り。さっさと店を閉めます」

「それやったら、並んでるのに買われへん客が出るやないか」

「そんなことはいっさい構わず。その日開けた樽はその日のうちに食べさせるという京都商人の心意気ですわ」

「そういうのは心意気やない。単なる偏屈や。並ぶ客もわるい」

「うちのおやじ、よう並んでますけどね」

「大阪でそんな商売してたら、一日でつぶれるな。客が欲しいというたら、他の店に走ってでも品物を工面して来て売るのが浪速《なにわ》商人や」

「金さえ儲《もう》かったらええんですね」

「金やない。客に対する奉仕の精神や」

「分かりませんね、ぼくには」

「分からんでもええ」

——清風荘の前に来た。木造モルタル塗り、二階建の古めかしいアパートだ。建物は道路から三メートルほど引っ込んでいて、そこに十数台の自転車、バイクが駐められている。鑑識の車は見あたらない。道幅が狭いから、どこか近くの駐車場に入れたのだろう。

清風荘は建物の左が外廊下になっている。私は赤錆《さ》びた鉄製階段を上った。いちばん手前のドアが少し開いて、中から話し声がする。

《吉松慎哉》、壁に貼られた名前を確認して室内に入った。

一メートル四方の三和土《たたき》、鑑識課員の薄っぺらいズック靴が二足あるのを除いて、あとはみんな吉松のものだろう、甲の浅いスリッポンの革靴が三足と、デッキシューズ、ジョギングシューズ、デニムのサンダルが所せましと重なりあっている。赤いラッカー仕上げの下駄箱の上に、一足だけヒールの反りかえった茶色のビジネスシューズが揃えてあるのは、たぶん吉永の靴だ。

私はデザートブーツを脱ぎ、玉のれんを分けて部屋に上がった。左が二畳ほどの板の間で、小さな流しとコンロ台。流しに水気はなく、コンロは埃《ほこり》と油が白っぽい膜になってこびり付いている。鑑識課員が冷蔵庫の扉を開けて中を点検している。

板の間の続きはパンチカーペット敷きのダイニング。ガラストップのテーブルの上には、ひしゃげたビールの空き缶が十数本、灰皿、急須《きゅうす》、茶筒、コーヒーカップ、丼鉢、ラッキョウの瓶など、種々雑多ながらくたが山になって、これ以上ものを置くスペースはどこにもない。

「男やもめに蛆《うじ》がわく。ぐうたらを絵に描《か》いたようですね」

後ろで五十嵐がいう。

「おまえの部屋はどうなんや」

「整理整頓《せいとん》、隅から隅まで行き届いています。糸屑《いとくず》の一本も落ちてません」

「よめはん、苦労するやろな」

襖《ふすま》を隔てて、ダイニングの奥は八畳の和室だった。吉永と二人の鑑識課員がいる。

「よう、ブンさん」と、吉永。

「えらい散らかりようやな」私は部屋を見まわした。

真ん中に、四月も半ばを過ぎたというのに、まだ炬《こ》燵《たつ》。天板の上はもちろん、ふとんのまわりから壁際まで、部屋中にものが散乱している。スポーツ新聞、雑誌、靴下、整髪料、ラジカセ、カセットテープ、座ぶとん、枕……足の踏み場もない。

「わしも六年間下宿したけど、こんなにむちゃくちゃやなかったで」

「こいつはどうも、物色されたような形跡があるんや」

「それ、ほんまかい」

「押入の扇風機や段ボール箱が引っくりかえってるし、箪笥《たんす》の抽斗《ひきだし》の中身もかきまわされてる。それに、この部屋には、金目のものが何もない」

「金目のもの、いうのは」

「現金、預金通帳、印鑑、時計、ブレスレット……。きれいさっぱりあらへんのや」

「盗《と》られたということか」

「ま、そう読んで間違いはない」

「しかし、ここにないからというて、盗られたとは断定できんやろ」

「きのうの捜査会議、憶《おぼ》えてるか。吉松は池内に買《こ》うてもろたとかいうて、ロレックスや十八金のブレスレットを見せびらかしてたそうやないか」

「そういや、係長がそんな報告をしてたな」

私は白い綿の手袋をつけながら、「預金通帳が盗られたというのは」

「吉松はクレジットカードを持ってたやないか。銀行に口座がなかったら、信販契約はできへん」

「なるほど、それもそうや」

「通帳は、たぶん……」

吉永は押入の脇の箪笥に眼をやって、「いちばん上の抽斗に入ってたみたいやな」

私は足許《あしもと》に注意しながら、箪笥のところに行って、抽斗を開けた。底に、給料明細、保険証、領収書、電卓などがある。

「吉松、月に十八万しかもろてへんがな。それも税込みで」

「男の水商売は安いんや。髭面《ひげづら》睨みながら酒飲んでも、何の旨《うま》いこともない」

吉永と私のやりとりに鑑識課員は我関せず、一人は押入に頭を突っ込み、もう一人は窓辺に屈《かが》み込んで、サッシュにアルミ粉末を叩《たた》き付けている。

「侵入犯の狙い、何や」振り返っていった。

「明らかに、金だけではないな。ふつう、盗《ぬす》っ人《と》は茶箪笥や三面鏡から物色するし、そこで金目のもんを見つけたら、押入まで引っかきまわしたりはせん。……部屋の主である吉松慎哉が殺され、その殺された吉松の、このしみったれた部屋に、何者かが忍び込んだ。単なる偶然で片付けられるわけがない」

吉永のいうとおりだ。一見、のんしゃらんとした風貌《ふうぼう》に似合わぬ論理的な意見を吐く。年が近いせいもあって、私はこの飲み助とよく気が合う。

私は思いついて、

「賊の侵入方法は」

「ちゃんと鍵《かぎ》をあけて、玄関から入ったみたいやな」

「どういうこっちゃ」

「きのうの晩、原田主任とわしがここへ来た時、入口のドアは施錠されてたんや。それで、アパートの持ち主にマスターキーを借りに行ったんやけど、そんなもんあらへん。部屋の住人が越して来るたびに、勝手にシリンダー錠を付け替えてたそうやから、キーなんぞ何本あるかも分からへん。とどのつまり、ドアの隙間に金のこの刃を入れて、鍵の差し込みをギーコギーコ引き切って、中に入ったという始末や。きのうはひととおり見分をしただけで帰ったから、通帳類が失くなってることまでは気がつかんかった」

「ということはつまり、賊はこの部屋のキーを持ってたんやな」

「……らしいな」

アルカディアの七〇三号室にあった吉松のブルゾンとスラックスから、鍵やキーホルダーは発見されていない。吉松はこの部屋の侵入者に鍵を貸したか、あるいは盗まれたのだ。

——と、その時、

「ブンさん、ブンさん、来て下さい」と、五十嵐の声。

私はダイニングに行って、

「おまえな、そのブンさんというのを……」

「これ、これを見て下さい」

五十嵐は布手袋の右手に茶筒、左手にその蓋《ふた》を持っている。

「茶が飲みたいんならあとにせい。ここいらのもん、勝手に触るな」

「そんなんやありません」

いって、五十嵐は丼の上で茶筒を傾けた。中から葉が流れ出て、最後に小さな塊が三つ、ころがり落ちた。

「何や」

私は近づいた。丼の中の葉の上に、長さ四センチ、太さ七ミリくらいのボルトと、差し渡し三センチのS字金具、長辺五センチの三角の金具。三角金具は厚さ約二ミリの鉄板を曲げたもので、各辺に幅二センチのツメがあり、ツメの中心には直径七ミリのねじ穴があいている。

「おまえ、これを……」

「そんな怖い顔せんとって下さい。ぼく、何気なく、この茶筒を持ったんです。そしたら、やけに重いし、振ってみたらカラカラと音がするから……」

「分かった。もうええ」

もう一度、丼に眼をやった。ボルト、S字金具、三角金具とも、赤味のかかった鈍いグレーで、何か焼きの入ったような色をしている。

「五十嵐」

「はい」

「おまえ、お手柄かもしれんぞ。犬も歩けば棒にあたる。豚も土掘りゃトリュフにあたる、や」

6

「――侵入者が探してたんは、この金具やないかという気がします」

吉永がいった。「茶葉の底に、得体の知れん金具。吉松は何でこんなもんを隠してたんですやろ」

「うん……」

深町は、ボルト、S字金具、三角金具を写した写真を手にとって、「これは何の部品や」

「まだ不明です。……スチール棚の支持金具のようにも見えますけど」

「この色は」

「初めは塗料を塗ってたみたいです。それが高熱を受けてこんなふうになったというのが鑑識の判断です」

金具の実物は、より詳細な検査をするため、科捜研に送った。写真は五枚ずつ焼いた。

「よっしゃ、金具の件はここまで」

深町は写真をデスク上に放って、「他にめぼしいブツは」

「特にありません。指紋は相当数検出して、照合中です」

「通帳の方はどないした」

「吉松慎哉は三協銀行福島支店に普通預金口座を持ってます」

私が答えた。淀屋橋《よどやばし》に信販会社の大阪本社があり、そこへ五十嵐を派遣して突きとめたのだ。私は清風荘の電話で五十嵐からの連絡を受け、福島支店へ出向いて、吉松の出入金を調べた。

「これが、その内容です。きのう、今日と、金は引き出されてません」

深町に取引照合表のコピーを差し出した。

——取引開始は三年前の三月四日。以来、毎月、五万、十万円程度の預金と支払いがあり、残高は平均して十五万円前後。

ところが、今年の二月二十日、一挙に七十万円の預金があり、それが三月十五日までに、五回に分けて全額引き出されている。そして、三月十八日に八十万円の預金。これも四月十日までに引き出されて、現在の差引残高は十二万三千円となっている——。

「犯人、たった十二万円を引き出すために、銀行に姿を現すとは思えんな」

深町はコピー用紙を指先でトントンと叩いて、「預金残高より、この二月二十日と三月十八日の入金の方が気になるやないか。吉松はどこでこんな大金を手に入れたんや」

誰も返事をしない。

「ほな、この金の使い途《みち》は」

「それはたぶん、サラ金の借金の清算です」

吉永が答えた。「ディキシーの同僚が、最近は店に催促の電話がかかって来んようになったというてます」

「となると、問題はやっぱり、この七十万と八十万の入手方法やな。……吉松、競馬とか競輪は」

「博奕《ばくち》はせんかったようです」

「飲む、打つ、買う、さすがに三拍子は揃てへんかったというこっちゃ」

深町は抽斗《ひきだし》からクリップファイルを出して、広げた。コピー用紙をクリップに挟みながら、「ひとつ、君らの耳に入れとくことがある」

「はあ……」

「アルカディア、七〇三号室から採取した指紋と掌紋に関して、その照合結果が鑑識から届いたんや。それらはすべて、池内、吉松、籠谷のものと一致した」

あほくさ。そんなこと、今さらもったいぶって報告せんでもええがな——私は思いつつ、

「竜王橋事件の記事の切り抜きと、『現代建築』はどうでした」

「それは、池内と吉松、二人の指紋だけが検出された」

「予想どおりの結果ですね」

「ただし、気になることがある」

「何です」

「池内彰子はダイニングテーブルの上にあったグラスをばば握りしとるんや」

「ばば握り？」

「つまり、その、グラスを指で持たずに、掌《てのひら》で握り込んでるというこっちゃ」

「バットやテニスのラケットを持つように、ですか」

「そう。グラスにはべっとりと池内の掌紋が付いてた」

「そら、ちょいと妙ですね。ふつう、ビールのグラスは指の先で挟むように持つもんです。特に、女の場合は、小指を浮かしたりします」

「そやから、わしがこうして話しとるんやないか」

「そのばば握りを、班長はどない考えはるんです」

吉永が訊《き》いた。深町は少し間をおいて、

「今は何ともいえんな。池内がグラスを弄《もてあそ》んでて、掌紋が付いたとも考えられるし、吉松といろいろ話すうちに感情が激したか、あるいは、青酸を服《の》んだ吉松が苦しむ姿を見て、グラスを握りしめた可能性もある」

「なかなか判断の難しいとこですね」

「しかし、グラスの持ち方がおかしいという事実は間違いない。頭の隅に入れといてくれ」

それで話を打ち切るかのように強くいって、深町は腕の時計を見た。「さて、今日はちょいと早いけど、ご苦労さんということにするか」

――午後八時五十分、決して早くはない。


伶子に電話をして、桃山台まで出て来るようにいった。

伶子は風呂《ふろ》上がりで、髪が濡《ぬ》れているといったが、嬉《うれ》しそうに、すぐ行くと答えた。

バス通りに出て、タクシーを拾おうとするが、なかなか捕まらない。十日ぶりのデートだ。気が逸《はや》る。

足踏みをし始めたところへ、

「文田さん」と、悪魔の声。カクッと膝《ひざ》が折れる。

「どこへ行きはるんです」

「分かりきったこと。お家《うち》に帰るんやないか」

「バスには乗らへんのですか」

「わし、タクシーが好きやねん」

「ぼくも、です」

「ぼくはバスに乗るんでしょ」

「そんな冷たいこといわんと、乗せて下さいな」

「しゃあない、乗せたろか」

答えた途端、五十嵐は車道に身を乗り出してタクシーを停めた。

――中央環状線を東に走って、新御堂筋、桃山台の手前で側道に入った。

「あれ、あれ、どこへ行くんです」

「駅や。桃山台の駅」

「ほんなら、そこから電車ですか」

「そう」

「梅田まで行きましょうな」

「行きたいんなら行かんかい。わしは桃山台で降りる」

「そんな、けちくさい」

「どっちがけちくさいんや、どっちが」

いちいち腹が立つ。

桃山台の駅前でタクシーを降りた。料金は二千円近かった。

伶子が手を上げて走り寄って来た。白のトレーナーに細身のジーンズ、長い髪をポニーテールにしている。五十嵐に見られてはまずいと感じつつ、見せびらかしたい気持ちもある。

「おっと、この女性は」と、面食らった五十嵐。

「総田伶子です。よろしく」

伶子は手を前に揃えて頭を下げた。

「じゃあ、あなたが文田先輩の……」

「何が、じゃあ、や。東京弁使うな」

「五十嵐晴夫《はるお》と申します、この四月から深町班に参りまして、先輩には公私ともどもお世話になっています」

「イントネーションが違うというとるやろ」

「おもしろい人」

「ちなみに、今日はおデートですか」

「ええ、まあ……」

「近くで、お食事でも？」

「おまえ、な……」

五十嵐と伶子の間に割って入った。「早《はよ》う帰らんと、電車がなくなるぞ」

「噂に違《たが》わぬ美人ですね」

「羨《うらや》しいか、妬《ねた》ましいか」

「いえ、別に……」

「ほな、おまえは帰りなさい」

「あの、よろしかったら、ごいっしょに」

と、伶子がいう。相手がわるい。

「え、ほんまですか」五十嵐の弾んだ声。

「あかん、あかん」

私は五十嵐を後ろに向かせた。耳許《みみもと》で、「馬に蹴《け》られて死にたいか」いって、背中を押すと、五十嵐はゼンマイ仕掛けの人形のようにとことこと歩いて行った。

「困ったやつや」

「ハンサムやないの。背も高いし、おしゃれやし」

「ハンサム、おしゃれ？ あのキュウリ面が……」

もう何もいわない。私は伶子の前では他人の悪口をいわないことにしている。器が小さいと思われてしまう。

「さて、どうする」

「私、晩ごはん、食べたばっかり」

伶子が腕をまわして来る。

「ほな、どこか落ち着けるとこへ行くか」

「どんなとこ」

「ちょいと西欧風で、BGMがあって、天井にテレビなんか吊《つ》ってたりして……」

「ま、いやらし」

尻《しり》をつねられた。

――駅前から少し離れた住宅街の外れ、小さなイタリア料理店に入った。私はおまかせのコース料理、伶子はスープとサラダを注文した。ロゼのハーフボトルを一本とって乾杯する。

「うん、口あたりがよろしい」

「私、お酒飲むの、久しぶり」

「総長の晩酌の相手は」

「それは、お母さん」

けしパンばばあの顔が眼に浮かぶ。

「毎日、何してるんや」

「会社の帰りに、お買物したり、友達と会ったり。けっこう忙しいわ」

伶子は旅行代理店に勤めている。去年まで名古屋《なごや》の寮にいたのが、結婚が決まって大阪本社に転勤となり、実家に戻って来た。夏のボーナスをもらって辞める予定だが、子供が生まれるまでは勤めを続ける気持ちもあるという。私はどちらでもかまわない。

「それで、ブンちゃんのお仕事の方は」

「とりあえず、進展はしてるな」

ワインを飲みほした。怜子は注ぎながら、

「どういうふうに」

「きょう、吉松慎哉のアパートの捜索をした。部屋の中、ぐちゃぐちゃになってて——」

説明する。怜子は時おり短い質問をはさみながら、じっと耳を傾けていた。

「——侵入者の狙いは、ほんまは金具を探すことにあって、通帳や時計を盗んだんは擬装工作やないかという意見もあるんや」

「で、ブンちゃんは」

「深読みのしすぎという気もするけど、な」

「テレビや小説と違《ちご》て、本物の刑事さんはいろいろと難しいことを考えるんやね」

「刑事の娘が何をいうんや」

「うちのおやじさん、家では捜査のこと、いっさい喋《しゃべ》らへんもん」

「しかし、地味な仕事やで。わし、自慢やないけど、ドンパチや格闘場面はいっぺんも遭遇したことがない」

「その、金具とかいうの、どんな形」

「見せたろか。ここにあるで」

内ポケットから写真を抜き出して、伶子に手渡した。それを伶子はためつすがめつして、

「私、こんな金具、どこかで見たことある」

「ほんまかい」

いいつつ、私は何の期待もしていない。

「色は違うけど、この三角の金具、似たような形を見た覚えがあるわ」

「スチール棚とか、スーパーの陳列棚の支持金具かもしれんのや。ま、ぼちぼち調べるわ」

いったところへ、オードブルが来た。

私は生ハムをつまんで、口に入れた。

「きのうの晩、帳場にいてはりませんでしたね」

「係長に呼ばれて、古市署へ行ってたんや。わしらが京極記念病院で聞いた話を、もういっぺん詳しいに説明した」

病院を抜け出した古川総次郎の追跡捜査は川島係長以下、後藤や山崎のいる古市署の帳場に引き継がれた。古川の足取りはまだ摑《つか》めていない。

「今、岩倉一帯には、毎日十人の探偵が出てる。病院近辺から岩倉の町、二軒茶屋のあたりまで訊《き》き込みの範囲を広げとるんやけど、いっこうに手応《てごた》えがない。鉄道、バス、タクシー、いずれも、古川は使《つこ》た気配がない」

「パジャマとガウンに長靴、たいがい人眼につくはずですけどね」

「そやから、残るはただひとつ。古川のやつ、病院の裏道からハイキングコースに入って、尾根伝いに北の方へ抜けたんやないかというのが川島はんの意見や」

「ほな、鞍馬方面を」

「そう。今日から、後藤と桑原が静原《しずはら》や鞍馬の訊き込みを始める」

「古川の交遊関係はどないです」

「それは山崎が中心になって調べとるけど、難航しとるな。古川、職を転々としてるし、刑務所《ムショ》暮らしもしてる。知人を特定するだけでも大変な作業らしい」

総長は吊り革から手を離して、「もちろん、池内や吉松とのつながりはこれっぽっちも見えてへん」

「日暮れて道遠し、古市も豊中もしんどいめしてますな」

私は紙袋を胸に抱え、ドアにもたれかかって、中吊り広告を見上げた。

〈セイサン！　浪花の無理心中。クラブホステス、七階からダイビング〉――週刊誌の見出し。凄惨《せいさん》と青酸をかけたのだろうが、何ともくだらないコピーだ。とりわけ、「浪花の」というのが気に食わない。無理心中などどこにでもある。

心斎橋《しんさいばし》駅に着いた。改札を抜けて、西出口の階段を上る。

北炭屋《きたすみや》町。壁いっぱいにマリリン・モンローの顔を描いたビル、派手な原色の衣料を店内いっぱいに吊るしたブティック、流行遅れのカフェバー風飲食店などが建ち並び、そこだけぽっかり空いた小さな三角の公園のベンチには、髪を逆立てたパンク少年や、Gジャンをバッジで埋めつくした少女が坐《すわ》っている。まだ十時前、きのうは家に帰らなかったのだろう。

「何じゃい、ここは。ガキとアプレゲールの街か」

「通称、アメリカ村ですわ。総長は知りませんか」

「わしゃ日本人や。知りとうもないわい」

といいつつ、総長の眼は前を歩くミニスカートの女の子から離れない。

――高鷲《たかわし》コーポは阪神高速道路の高架の手前にあった。建築面積の小さい、マッチ箱を立てたような十階建のビルだった。

南原《みなみはら》いすずは眠そうな顔で、総長と私をリビングルームに迎え入れた。シャワーを使ったばかりなのだろう、濡《ぬ》れた髪をタオルで拭《ふ》きながら、何でも訊いて下さいと、拗《す》ねたようにいった。皮膚のうすい透けたような肌の色、眼は少し細いが、鼻筋がまっすぐ通って、化粧をすればけっこう魅力的な顔だちだ。吉松が死んでショックを受けたようすはどこにもない。

「ほな、最初に、南原さんのプロフィールから行きまひょか」

総長が切り出した。「年齢は二十六。出身は香川県で、大阪へは五年前に出て来はった。職業は、道頓堀《どうとんぼり》のいわゆる風俗営業店で接客をしていると、こういうことですな」

「そんなまわりくどい言い方せんでも、ソープ嬢でいいです」

投げやりな口調だ。

ディキシーチキンの従業員や、吉松が以前勤めていたホストクラブの同僚からの訊き込みにより、吉松には四人の女がいることが判明した。ひとりは池内彰子、ひとりは南原いすず、あとの二人はＯＬで、そちらの方は五十嵐と豊中北署の捜査員が事情を聴取するため、会社に向かった。

「吉松と知り合《お》うたんはホストクラブやそうですな。……いつ頃です」

「三年前かな。夏の暑い盛りでした」

「店の外で会うようになったんは」

「秋です」

「吉松は知ってたんですかな。その、南原さんの職業を」

「初めから知ってます。ホストクラブで遊ぶ若い女の子はソープ嬢が多いから」

「かなり費《つか》いましたやろ、金」

「そら私たち、金費いが荒いから」

確かにそのとおりだ。私の三倍も四倍も稼いでいるはずなのに、この部屋にある家具といえば、十四型のテレビとガラスにひびの入ったリビングボード、布張りの応接セットだけ。リビングボードの上にアクリルの水槽を置いて、金魚を飼っている。

「吉松に小遣いを渡したりしてはったんですか」

「会《お》うたら、二万円や三万円は、ね」

「月に何べんくらい会うてました」

「三、四回かな」

「最後に会うたんは」

「十四日の夜です」

「ほう、そらよろしいな」

総長はにやりとして、「その時のようすを詳しく教えて下さい」

「あの日は、お仕事が終って店を出たのが一時半ごろでした。そう、正確には十五日の午前一時半です。まっすぐ帰るのも気がきかへんし、ディキシーに電話したんです。それで私、曾根崎の『レイナード』いう店で慎哉を待ちました。……ええ、慎哉は私がディキシーへ行くのを嫌がってたから、なるべく顔を出さんようにしてたんです」

――吉松がレイナードに現れたのは午前三時前だった。今日は客が多くて疲れたと不機嫌そうにいい、バーボンのロックを注文して、たて続けに二杯飲んだ。吉松は酒が強く、酔いつぶれたことは一度もない。いすずもビールを二本空けた。

レイナードには四十分ほどいて、次に、お初天神《はつてんじん》近くのスナック、パティへ行った。吉松はマスターと話をし、いすずは歌を歌って一時間ほど遊び、パティを出たのは四時半ごろだった。レイナードもパティも、勘定はいすずが払った。

高鷲コーポに向かうタクシーの車中、吉松は夏のスーツが欲しいといい、いすずは何枚かの一万円札を吉松の手に握らせた。

部屋に入るなり、吉松はいすずを抱《かか》えてベッドに運んだ。吉松の行為は優しく繊細で技巧に長《た》け、それが彼の唯一の取り柄だといえなくもない。

いすずを抱いたあと、吉松は風呂《ふろ》に入った。パジャマに着替えて、ベッドで眠った。二人が起きたのは昼すぎだった。吉松は出前の鮨《すし》を食べて、午後三時ごろ、部屋を出て行った。その日、ディキシーチキンを休むとはいってなかった――。

「吉松は風呂好きなんですか」

総長が訊いた。いすずは少し考えて、

「というよりは、癖やないかな。女としたあと、汗を洗い流さんことには、どうにも寝られへんと、よういうてました」

「その日、吉松はどんな服を着てました」

「チョコレート色の革のブルゾンと、黒のTシャツかな」

「ズボンは」

「さあ……」

「パンツはどんなんでした」

「イタリア製の、サーモンピンクのビキニブリーフ。私が買ってあげたんです」

吉松は福島のアパートには帰らず、ハイム・アルカディアへ行ったようだ。革ブルゾンと黒のTシャツは彰子の部屋の洋服入れ、ピンクのブリーフは洗濯かごに放り込んであった。

「吉松、鍵《かぎ》とかキーホルダーは持ってませんでしたかな」

「持ってました」

いすずは即答した。「ダンヒルのキーホルダー。それも私がプレゼントしたんです」

「色と形は」

「黒い革製で、真ん中に金色のマークが付いてたと思います。あいつ、車もないのに、中にベンツのキーを入れてました」

「そのキーホルダー、十五日に見ましたか」

「見てません」

吉松がキーホルダーを所持していたことだけは確認できた。

「吉松の金まわりはどないです」

私が質問した。「最近、まとまった金を手にしたようなことは聞いてませんか」

「知りませんね」

いすずは傍らのナマケモノの縫いぐるみを引き寄せて、膝《ひざ》に載せた。プラスチックの鉤爪《かぎづめ》を指にひっかけたり離したりしながら、「そういえば、慎哉、車を買うとかいうてました。ソアラかＢＭＷ、私にもいくらか出せと、それはもうしつこいんです」

「車の話、南原さんに小遣いをねだる口実やないんですか」

「でもないみたい。頭金の二百万は近いうちに都合できると、マジな顔で話してました。慎哉、きっと新しい金づるを見つけたんです」

「金づるというのは」

「どこかの中年女をたらし込んだに違いありません。あいつはそういう男です」

いすずは吐き捨てるようにいった。やはり、吉松が好きだったのかもしれない。

私は少し間をおいて、

「実は、我々は吉松慎哉の銀行口座を調べたんです……」

そこまでいって、総長を見た。話してもいいかと眼で問いかければ、総長は黙ってうなずいた。

「吉松は、二月に七十万、三月に八十万を預金してます。心あたりはありませんか」

「へーえ」

いすずは肩をすくめた。「あの素《す》寒貧《かんぴん》がそんな大金を持ってたんですか」

驚いたその表情に嘘は感じられなかった。


心斎橋から地下鉄で新大阪駅。エスカレーターを走り上って、十二時〇二分発のひかり二〇一号に飛び乗った。自由席はほぼ満員だったが、運よく二人掛けのシートが空いていて、そこに総長と私は並んで坐《すわ》った。これから姫路《ひめじ》へ行く。大森組の大阪支店設計部次長、坂口万治《まんじ》に会うためだ。坂口はきのうから姫路に出張していて、二十日まで大阪に帰って来ない。

音もなく、電車は動きだした。

「たまにはこういうのもよろしいね。遠足気分ですわ」

「わし、小学生の頃、遠足の前の日は寝られへんかったな」

「丹波篠山の小学校の遠足はどんなとこへ行くんです」

「近くの山とか、川原やったな」

「別に珍しいことおませんがな」

「いや、珍しい。遠足の日は弁当に卵焼きが入ってる。どえらいごちそうや」

「卵焼きが、ですか」

「近頃の若いやつはこれやからいかん。食い物の有難さをまるで認識しとらん」

「わし、認識してます。好き嫌いはいわへんし、ご飯粒のひとつも残したりしません。うどんの汁もしっかり飲みほします」

「そら、おまえが意地汚いだけや」

「はい、はい」

私はポケットからメモ帳を出した。南原いすずから聞いた話を、忘れないうちに、要約して書きつける。それは今後の捜査を進める上で、充分に価値のある情報だった――。

一、吉松慎哉は四月十五日、午後三時までいすずの部屋にいた。おそらく、清風荘には帰っていない。
二、吉松は情交のあと、必ず風呂に入った。池内彰子との時もそうしたに違いない。
三、吉松はダンヒルのキーホルダーを所持しており、それはハイム・アルカディアにも、清風荘にもなかった。
四、吉松には近い将来、二百万円を手に入れる目算があった。

「ね、総長」

「何や」

総長は車窓の外に眼をやったまま、こちらを向かない。新幹線は市街地を走っていて、何のおもしろい景色が眺められるわけでもない。

「ね、総長」

「うるさいな」

やっとこちらを見た。私はメモ帳を指さして、

「わし思うに、問題はこの二百万円ですわ。二月の七十万と三月の八十万も、出どころは同じやという気がします」

「その出どころというのは」

総長はたばこを咥《くわ》える。

「分かりません、まったく。……南原は女をたらし込んだとかいうてたけど、わし、ぴんと来んのです。もし、ほんまにそうなら、吉松はまわりの連中に、新しい金づるを見つけたと自慢げに喋《しゃべ》るはずです」

「ふん……」

総長は肯定とも否定ともつかぬ返事をして、たばこに火を点《つ》けた。「それより、わ

しが気になるのは、キーホルダーや。この中には清風荘の鍵が入ってるし、吉松はいつも持ち歩いてたはずや。……それが、いつ、どこでなくなったかというのがいちばんの問題や」

「キーホルダーがなくなったんは、十五日の午後三時以降、アルカディアへ行くまでの間と考えてよろしいね」

「いや、必ずしもそうとはいえん」

「というのは」

「例の八時半の客や。そいつが吉松のキーホルダーを盗んだか、あるいは借りて行ったんかもしれん」

総長は八時半の客とウインストンの吸殻にこだわりすぎている——私はそう思ったが、口には出さず、

「しかし、七〇三号室から採取された指紋は、池内と吉松、籠谷のものだけでした」

「指紋がないからというて、客が来てないとは断定できんやないか」

「そらそうやけど、総長……」

「おまえ、きのうの朝、わしにどういうた。総長の説を支持しますと、直立不動で誓《ちこ》うたんは嘘やったんか」

「嘘やおません。嘘やないけど、客が来たことをどないして証明するんです」

「くそったれ、わしゃ孤立無援かい」

総長は口をへの字にしてシートにもたれかかった。今日は珍しく機嫌がわるい。

姫路。駅前の大通りを北へ歩く。一帯は繁華な商業地区でビルが建ち並び、街の印象は大阪御堂筋の本町《ほんまち》あたりとよく似ている。地方都市に来たという実感はまったくない。人口は四十五万人、兵庫県下では神戸市、尼崎市に次ぐ大都市だから、それも当然ではある。

国道二号線を越えて、電話局の角を左に折れた。少し行って、特定郵便局の隣に、ベージュ色の波形鋼板に囲まれた工事現場。郵便局の屋根越しに、高く組み上がった鉄骨が見える。

《春木町、城南ショッピングプラザ、新築工事》、完成予想図の描かれたプレートを一瞥《いちべつ》して、工事現場内に入った。手前に、完工時にはイベント広場になるはずの二百坪ほどの空地。その向こうに、三階までコンクリート打ちの終了した、かなり大きな建造物。どの壁面も緩《ゆる》く彎曲《わんきょく》して、全体的には蒲鉾《かまぼこ》を段々に積み上げたような形をしている。空地の左隅にプレハブが三棟並んでいて、それが現場事務所と作業員の宿舎らしい。

総長は下を向いて、泥の窪《くぼ》みを除《よ》けながら、ひょいひょいと跳ねるように歩いて行く。

プレハブの戸を開けた。事務机が五つと、壁際に製図台が二つ。けっこう広い。紺色の上っ張りを着た女性事務員がこちらに来た。

「はい、何でしょうか」

「坂口次長いてはりますか」

「警察の方ですね」

「ええ、そうです」

我々の来訪は事前に連絡してある。

「坂口は現場です。一時間後には戻って来ます」

「一時間、ですか……」

総長はあごを撫《な》でて、「我々が現場へ行ったら、邪魔になりますか」

「いえ、そんなことはありません。でも、服が汚れますよ」

「汚れて困るような服は葬式と結婚式の時しか着ませんねん」

「じゃ、お待ち下さい」

女性事務員は奥へ行き、ロッカーから白いヘルメットを出して持って来た。

「これをかぶって下さい」

受け取った。そろそろとかぶってあご紐《ひも》を締める。

「過激派になったような気分ですね」

「鉄パイプも貸してもらえ」

「総長もよう似合いますがな」

「褒め言葉とは思えんな」

外に出た。事務員は、坂口は東の吹き抜けの近くにいるだろうといった。

途中で鉤手《かぎのて》になった長いスロープを上って、三階の正面からビルの中に入った。湿ったセメントの臭い。床、柱、壁、すべてが暗いグレーで色彩感に乏しい。天井の化粧ボードはまだ取り付けられておらず、梁《はり》と梁の間を太い空調ダクトがうねるように走っている。

「あれ、何や」

上を仰いで総長がいう。「あの、管の先に付いてるチューリップ」

「スプリンクラーですがな」

「火事の時、シャワーの出るやつやな」

「シャワーは出ません。水は出ますけど」

「ちょいと叩《たた》いてみい」

「そんなことしたら、水浸しになります」

「そうか。ほな、やめとけ」

子供の会話だ。

——吹き抜け。手摺《てすり》のそばに四人の男がいた。上を向いて何やら話しあっている。中のひとりが坂口だろう。総長と私はゆっくり近づいた。

「駄目だね。明らかにぼくのイメージじゃない」

「内装が仕上がって照明が入れば、また印象が変わると思いますが」

「すると何かね、あなたはぼくの眼を……」

「いえ、めっそうもない。ただ、先生もご存知のように、こういった焼き物は指定どおりの色を……」

「出せないとでもいうのかね。じゃ、ぼくが示したサンプルはどうなんだ」

「それは……」

——と、そんなやりとり。

吹き抜け内に突き出した各階のバルコニーの壁面に、レリーフを施した黄色のタイルが貼られていて、そこに一階からスポットがあてられている。そのバルコニー部を指さしながら、先生と呼ばれるツイードジャケットの男が強い口調で作業服の男を責め、あとのスーツ姿の二人は首を前に垂れてひと言も発しない。声をかけにくい雰囲気ではある。

「分かった。あなたには何をいっても無駄だな」

「何とか、ご理解下さい」

「理解はしているよ。だが、妥協はしない」

ツイードジャケットは昂然《こうぜん》と胸を張って、作業服を睨《にら》みつけた。

「あの、お話し中、すんません」

総長がいった。「坂口次長はどちらさんですか」

「私です」

茶色のスーツが返事をした。総長はひょいと一礼して、

「大阪府警の者です」

「大阪府警？」

いったのはツイードジャケットだった。痩身《そうしん》、軽くウェーブのかかった長い髪をオールバックになでつけている。

「大阪府警がなぜこんなところへ」

「わるいけど、坂口次長と話をさせてもらえませんか」

「どうぞご自由に。ぼくは彼の保護者じゃない」

ツイードジャケットは冷ややかに笑った。

私たちは坂口を伴って、吹き抜けのそばを離れた。北側の非常口から屋外に出ると、そこは非常階段の踊り場だった。

総長と私はヘルメットをとった。坂口もとる。

「えらい剣幕ですな」

「建築家の佐伯《さえき》先生です」

坂口は肩をすくめるようにしていった。鼻の下に薄い髭《ひげ》をたくわえている。

「あの作業服の人は」

「現場所長です」

「所長をあんなふうに叱りとばすやて、建築家いうのはそんなに偉いんですか」

「そら、このショッピングプラザの全体計画をまとめて、設計した先生ですから」

「所長さんよりはだいぶ年下に見えましたで」

「四十半ばやないですかね。所長は五十四です」

「ほな、わしと同じ年や。……いや、申し遅れました。わし、府警捜査一課の総田です。こちらは文田」

「坂口です、よろしく」

「坂口さんは、何で姫路に」

「さっきの、あれですわ」

「あれ、というのは」

「佐伯先生の現場視察。その立ち会いです」

坂口は俯《うつむ》いて、「しかし、困ったもんです。陶板をみんな焼き直さなあかんかもしれません」

「陶板いうのは、あの黄色いタイルみたいな？」

「そう。佐伯先生のスケッチを信楽《しがらき》の窯元《かまもと》に持ち込んで、特別に焼成させたんですわ」

「色が違うとかいうてましたな」

「違いませんがな」

坂口は短くいい、上着の内ポケットを探って、ハトロン紙の封筒を取り出した。封を開いて小さく振ると、左の掌に五センチ四方の黄色の塊が二つ、ころがり落ちた。

「陶片です。こちらが試験焼き、こちらが実物」

坂口は二つの陶片を、鈍い艶《つや》のある表面を上にして掌の上に並べた。「どうです、色が違いますか」

こちらに差し出す。

「似たようなもんですけどな」と、総長。

私は眼を近づける。よくよく見ると、試験焼きの方がわずかに色が深い。しかし、その違いは感覚的なもので、同じ色だといえばいえなくもない。

「一千万……一千万ですよ」

坂口は陶片を封筒の中にしまう。「石膏《せっこう》型は割りました。原型を作り直して、また焼くとなったら、一千万円がただの土くれになるんです」

「そら、もったいない」

「建築家はそんなことまで考えてません。建築費が何ぼオーバーしようと、設計料が削られることはない」

いって、坂口は自嘲《じちょう》するように小さく笑った。「どうもつまらん愚痴をお聞かせしたようですね」

「それで気が晴れるんなら、何ぼでも聞きまっせ」

「いや、けっこうです。……それで、刑事さんには何をお話ししたらよろしい」

「池内彰子のことです。坂口さん、クアトロのお客さんやそうですな」

「接待でよう利用してます」

「池内とは、かなり親しい間柄でしたか」

「どういう意味です」

「つまり、肉体関係なんかは」

「ありますかいな、そんなもん」

坂口は強くいった。「そら、正直いうて、何べんかは彰子を誘うたことあるけど、あきませんな。ああいう高級クラブの女は、私らみたいな中間管理職と深い仲になることを避けてますな。どうせ寝るんやったら、中小企業の経営者とか、一流企業の重役クラス、そういうのしか相手にせんのですわ」

「なるほどね。……坂口さん、池内のマンションは」

「知りません、もちろん」

「坂口さんの血液型は」

「Bです。それが何か」

「いや、参考までに、ね」

総長は非常階段の手摺に片肘《かたひじ》をついた。ヘルメットをぶらぶらさせながら、「池内彰子は坂口さんといっしょにいてる時、建築の話をしましたか。例えば、建築業界のこととか、クアトロの客で建築関係者の噂話とか」

「そうですな……」

坂口は首を傾げて、「その種の話はせんかったですね。彰子は建築に興味なんかなかったし、第一、そんな専門的なことを話しても、理解できへんでしょう」

「それもそうですな」

総長は同意して、「ブン、本を出せ」

と、私にいう。私は脇に抱えていた紙袋から「現代建築」を出して、坂口に手渡した。受け取った坂口の訝《いぶか》しげな顔。

「こいつはまだ新聞に載ってへんから、決して口外せんとって欲しいんですけど、その雑誌が池内の部屋で発見されたんです。何でそんなもんが部屋にあったんか、坂口さんに心あたりはおませんか」

「月刊『現代建築』……硬い雑誌ですな」

坂口はヘルメットを足許《あしもと》に置いて、「現代建築」の表紙をめくった。眼を細くして、目次を見つめる。「……これといった記事はありませんね」

「その中で、坂口さんの身近な人物とか建築は」

「淀屋橋の天章園ビルがそうですわ。うちの設計施工です。それと、大森会長がデミング賞を受賞してます」

「それだけですか」

「強いていえば、これもそうかな。……広島芸術工科大学設計コンペの結果発表。サオス建築設計事務所が最終指名を得てます」

「サオス設計事務所？」

「サエキ・アーキテクト・オフィス。佐伯知久《ともひさ》先生の事務所ですわ」

「さっきの建築家の大先生ですな。……坂口さんは、接待で佐伯氏をクアトロに連れて行ったことありますか」

「ええ、何度か」

「佐伯氏は池内を？」

「知ってるでしょうね。私の席には、いつも彰子がついてたから」

「佐伯氏と池内、個人的なつきあいなんかは」

「あるとは思えませんね。佐伯先生がおひとりでクアトロに顔を出すことはなかったし、もしそうやったら、彰子は私にいうたはずです」

「なるほど」

総長は坂口の手から「現代建築」を受け取った。「このショッピングプラザ、総工費はどれくらいです」

「二十八億円です」

「設計事務所の取り分は」

「三パーセント、監理費込みで約八千万円です」

「そらおそろしい、わしの十年分の給料ですがな」

——日が翳《かげ》って、風が出て来た。腹も減っている。

そろそろ行きましょうな、そんな眼で総長を見れば、総長は知らぬ顔で、

「こういう建築の仕事もけっこう大変みたいですな。いろいろと胃の痛《いと》うなることがありますやろ」

「そら、数えきれんくらいありますわ」

坂口はよく訊《き》いてくれたといった表情で、「この業界は体質が古いんです。我々ゼネコンは施主と建築家先生には、まるで頭が上がらんし——」

7

風呂《ふろ》上がり。パジャマを着て茶の間に入ると、座卓が脇に寄せられて、座ぶとんが三つ、縦に並べてある。わるい予感、自分の部屋に逃げ込もうとしたところを、

「これ、どこへ行くんや」

台所から入って来たおふくろに呼びとめられた。持った盆の上に、せんべいと湯呑《ゆの》み茶碗《ぢゃわん》が載っている。

「さ、そこに坐《すわ》り」

「今日は堪忍して」

「あかん、あかん。この間の負けを取り戻すんや」

「女だてらに博奕《ばくち》ばっかりするんやないで」

「健全娯楽といいなさい、人聞きのわるい。……そんなとこにボーッと突っ立ってんと、早《はよ》う坐らんかいな」

「ほんまに、しゃあないな」

覚悟を決めて、座ぶとんにあぐらをかいた。せんべいをつまむ。

「おまえが結婚したら、盆と正月にしかできんようになる。これも親孝行やと思て相

手しなさい」

おふくろは茶箪笥《ちゃだんす》の抽斗《ひきだし》を開けて、中から花札を出し、私に向いあって坐った。正座だ。

「レートは」

「いつもといっしょ。一文、五十円や」

おふくろは慣れた手つきで札を繰り、座ぶとんの真ん中に置いた。

「よっしゃ、容赦はせんぞ」

一枚抜いた。萩《はぎ》だった。

おふくろも抜いた。菊の盃《さかずき》だ。

「はい、私が親」

おふくろは札を繰り直して、場に八枚、お互いの手に八枚ずつを配った。

手札を見た。梅が三枚、楓《かえで》が二枚、あとは雨、桐、藤だ。二十点札が一枚もないし、梅の三枚かぶりがひどい。最初から大負けしそうだ。

「取るで」

いうなり、おふくろは桐の二十点札を叩《たた》いた。ピシッと小気味のよい音、めくったのは萩の短冊で、猪に合わせて持って行った。

「えらい幸先《さいさき》がよろしいやおまへんか」

私は雨の短冊を十点札で取った。めくりはカス坊主、合わない。

「それでおまえ、今日はどうやったんや」

「姫路へ行った。ゼネコンの次長に訊き込みや」

「ゼネコン……コンピューター屋さんかいな」

「ゼネラルコントラクター、総合建設業者のことや」

「ちょっと難しい言葉を覚えたら、すぐに使いたがるんやな、え」

おふくろは坊主に二十点坊主を合わせて、桜をめくった。これは取れない。

「その次長の話は別にどうということなかったんやけど、現場に佐伯いう生意気な建築設計家がおってな……」

私は場と手札を交互に見る。合わせる札がない。少し考えて、楓のカス札を切った。引いたのは菊の青短で、場のカス札と合った。

「佐伯のおっさん、池内の部屋で見つかった雑誌に載ってるんや」

「ほな、その設計家が古川総次郎殺しの犯人かいな」

「ようそこまで短絡できるな。感心するわ」

「そやかて、誰でも疑《うたご》うてかからんと、犯人が分からへんやないか」

おふくろは楓を青短で叩いた。「出た目を追え」、セオリーどおりだ。牡丹《ぼたん》のカス札をめくって、蝶《ちょう》の十点札に合わせる。

「何や、猪鹿蝶ができかけてるやないか」

「うまいこというて、おまえ、鹿を持ってんねやろ」

「ばれたか」

いいつつ、私は鹿を捨てられない。迷った末に桐を切った。めくり札は藤で、これも合わない。

「あかん、引きが弱い」

「そう、それがおまえの運命や」

おふくろは藤を叩いて、桐を合わせた。

「無茶苦茶や。根こそぎ持って行くやないか」

私は梅のカス札を捨てた。菖蒲《あやめ》の十点札を拾う。「おれ、今日の訊き込みで初めて知ったんやけど、建築業界いうのは、どえらい体質が古いんやで。……施主、設計監理者、ゼネコン、下請、孫請、そのまた下請と厳然たるヒエラルキーが存在してる」

「何や、そのヒエラルキーとかいうのは」

「階層制、や。……ゼネコンは、施主はもちろんのこと、設計家に頭が上がらんのや。どんな無理難題をいわれても、先生、先生とたてまつって、一所懸命で機嫌をとらないかん」

「それは何でや」

「その建築プロジェクトがゼネコンの設計施工でない場合、ふつう、設計家は施主の側に付いとるんや。施主と相談しながら図面を引き、施主はその図面をもとにして、あちこちのゼネコンに競争入札させる。その時に設計家は、施主に対して特定のゼネコンを推薦することもあるし、施工が決定したら、今度は現場監理でゼネコンを指導する立場になる。ゼネコンにとって、設計家とか設計事務所は施主の代理人というわけや」

「ふーん。私にはさっぱり分からんわ」

おふくろは、梅をうぐいすの十点札で取り、松の赤短をめくった。場に松はない。

私はまた梅を捨てた。坊主をめくる。

「さっぱり合わへんがな。反省しよ」

「やめとき。三十男の反省は身につかへん」

おふくろは雨を切って、桜の二十点札を引いた。

「あらら、三光《さんこう》が出来たわ。カス役と合わせて、六文や」

「どないするんや」

「分かりきったこと。コイや」

「殺生やな」

梅を叩いて牡丹をめくった。また合わない。

おふくろは藤を捨てた。

「ほれ、松や」

いいながらめくると、本当に鶴が出た。四光だ。

「これでやめる。十一文が倍になって、二十二文や」

「あほくさ。やっとれんわ」

私は札を放り出して立ち上がった。台所へ行って、冷蔵庫からビールを出す。

「こら浩和《ひろかず》、敵に後ろを見せる気か」

「何をいう。勝つまでやめへんぞ」

四月十九日、深町は班の全員と所轄署の本部捜査員を豊中北署に招集した。

「何やブン、おまえ、さっきから欠伸《あくび》ばっかりしてるやないか」

三階の予備室、最後列の椅子に腰を下ろして、総長がいった。

「そうかな。疲れがたまっとるんですかね」

午前二時まで、おふくろとコイコイをしていたとはいえない。

眠け覚ましにたばこを吸いつけた時、五十嵐が部屋に入って来た。私の隣に坐《すわ》るなり、

「文田さん、眼が赤いですよ。風邪でもひいたんですか」

「きのうの晩、血を吸い過ぎたんや」

「ヴァンパイヤですね」

「それよりおまえ、訊《き》き込みはどないやった」

五十嵐はきのう、吉松がつきあっていたOL二人から事情を聴取している。

「ひとりは北浜《きたはま》の証券会社の事務員で、大塚《おおつか》千代美《ちよみ》、二十二歳。きりっとした感じの美人でした。こんな子が吉松に身を任せたんかと思うと、何となく腹が立って……」

「そんなことはどうでもええ。内容や、内容をいえ」

「大塚はひと月前に、吉松に会《お》うたきりです。知り合《お》うたんはちょうど半年前で、場所は北区曾根崎のレイナードというパブラウンジ。友人と二人でいるところへ、吉松が声をかけたんです」

大塚千代美は月に二度くらい吉松とデートした。土曜日の午後、映画を見て、食事をし、そのあとスナックを二、三軒飲み歩く。千代美は旭区高殿《たかどの》に両親と同居しており、門限の十二時までには必ず帰宅した。ディキシーチキンへは、会社の同僚といっしょに数回行ったことがあり、同僚は吉松のことを、まじめさの感じられない典型的な水商売タイプだと評した。

吉松はいつも、あまり金を持っておらず、デートの際の食事代や飲み代も、最近は千代美が支払うことが多かった。また、吉松は近いうちに車を買うといって、千代美に三十万円の借金を申し込んでおり、そんなことが重なって、千代美の吉松に対する想いはほとんど冷めかかっていた。

「――というようなことをぼそぼそと話してくれました。この頃の若い子は、男とつきあうにしても、相手のことを冷静に観察してますわ」

「手がかりと収穫らしきものはないみたいやな。……で、もうひとりはどないやねん」

「これがまた腹立つことに、千代美に負けず劣らずの美人でした。名前は佐野《さの》克子《かつこ》いうて、去年の夏、阪急東通りのディスコで吉松にひっかけられたんです。齢《とし》は二十歳《はたち》、新大阪の信用金庫に勤めてます」

「吉松のやつ、金融会社の女ばっかり狙《ねろ》てるみたいやな。横領でもさせるつもりかい」

「佐野は窓口係です。大金を動かせるポストにはいてません」

「それで、吉松とはどういうつきあいや」

「こっちは大塚と違《ちご》て、えらい積極的でした。吉松と本気で結婚したかったそうやから」

「吉松の反応は」

「適当にあしろうてたみたいです。持て余してたかもしれません」

克子は毎週のように吉松に会った。ディキシーチキンにも週に二、三度は顔を出し、両親には友達の家に泊まるといって、十三《じゅうそう》や桜之宮《さくらのみや》のラブホテルに行ったこともある。

デートの費用はいつも克子持ち、暮れのボーナスのうちから二十万円を吉松に貸し、二月初めにはカメラをプレゼントして、彼女の貯金はすっかり底をついた。

「ところが、三月になって、母親がそのことに気づいたんです。娘の社内預金がほとんどなくなってる……それで本人に問いただしたら、これこれこういう事情やという。びっくりして母親は父親に話した。父親は吉松に会うて談判したんです」

「談判？」

「遊びで娘とつきあうのはやめてくれ。こういうことが続くようなら、出るべきとこへ出るというたんです。吉松は素直に了承したみたいです」

「娘は吉松のことを諦《あきら》めたんか」

「やっぱり、両親に隠れて会うてます。吉松の態度に変わりはなし。懲《こ》りもせず、機嫌よう二人で飲み歩いてました」

「そうこうするうちに、吉松は死んでしもたというわけや。克子、悲しんでたやろ」

「ところがどっこい、あんなやつ、死んでせいせいしたと、こうですわ。克子にしたら、自分とつきあいながら、クラブホステスと深い仲やったことが我慢できんのです。女たらし、大嫌いやといいながら、眼に涙をためてました」

「克子と吉松の最後のデートは」

「四月の十日です。二時にヒルトンの喫茶室で会うて、レストランで食事。それから、デパートやブティックをぶらついて、ディキシーの始まる五時前に別れてます」

「吉松のようすに変わったとこは」

「いつもと同じです。今度、車を買うし、琵琶湖《びわこ》あたりへドライブしよと、そんなことをいうてました」

「琵琶湖どころか、五日後には三途《さんず》の川を渡ってしまいよったがな」

いって、たばこを揉《も》み消した時、横で耳を傾けていた総長が、

「佐野克子は、二月の初めにカメラをプレゼントしたというたんやな」

「ええ、そうです」、五十嵐が答えた。

「どんなカメラや」

「さあ、そこまでは……」

「清風荘にもアルカディアにも、カメラなんぞなかったがな」

「あ……」と、私。

いわれて気づいた。そのとおりだ。「贓品《ぞうひん》手配にカメラを加えんとあきませんわ」

「それはわしが班長に報告する」

総長はいって、五十嵐に、「おまえ、会議が終ったら、もういっぺん佐野に連絡をとれ。カメラの型と、吉松がカメラを欲しがった理由、それと、もし分かったら、吉松が何を撮ってたかを訊くんや」

「分かりました。そうします」

――と、そこへ、深町と川島が部屋に入って来た。後ろに、豊中北署刑事課長と捜査一係長、古市署から同じく刑事課長と捜査一係長が続いている。

午前九時二十分、捜査会議の始まりだ。

初めに、深町がアルカディア事件の捜査状況を報告する。

「池内彰子の交遊関係について、現在のところ、建設、工事関係者につながる注目すべき情報は得られてない。古川総次郎との接点も不明。アルカディア七〇三号室の遺留品については、ウインストンの吸殻が台所にあった理由と――」

青酸カリ、及びナイロンロープの出処が不明。

――青酸カリは所轄捜査員が分担して、メッキ、冶金《やきん》工場、写真化学工場、薬局、研究所などをあたっている。

――ナイロンロープは長さ十メートル、二十ミリ径の工事用ロープで、製造元は堺《さかい》市石津《いしづ》北町の大仙《だいせん》樹脂繊維工業と判明した。大仙工業は五年前から同仕様のロープを製造しており、製品は近畿《きんき》を中心に、中国、四国地方まで広く出回っている。ロープの両端には縒《よ》りが解《ほど》けないよう赤いビニールテープが巻かれていることから、捜査員はロープより、むしろテープの方を手がかりとして、その販売店を特定すべく、建材店、金物店、船具店などを巡り歩いている。

――池内の金銭関係について、預貯金は、郵便局のほか、二つの都市銀行に、合計二百十五万円があり、特定個人との多額の貸借関係はない。

――吉松慎哉の交遊関係について、吉松は池内彰子の他に三人の女性と親しい交際をしており、建設、工事関係者、及び古川総次郎との接点は不明。

同、金銭関係について、吉松は四人の女性から、その収入に応じた金銭の供与、貸与を受けている。吉松の三協銀行福島支店の預金――二月二十日の七十万円と、三月十八日の八十万円は、池内の預貯金からこれに相当する金額が引き出された事実がないため、その出処は不明。ディキシーチキンの経営者、及び池内の愛人、籠谷伸一も、これら現金を用立てた事実はない。

また、吉松には近い将来、二百万円を入手する当てがあったが、その方法は不明。

「つまるところ、池内彰子が無理心中をした動機、それと竜王橋事件との関連について、今は推論すら立てられん状況にあるということや。この解明は、一《いっ》にして、諸君の捜査活動にかかってるといえる。より一層の奮励努力を期待する」

長い報告を終えた深町はひとつ大きな息をついて、椅子にもたれかかった。

次に主任の原田が立った。

「池内彰子と吉松慎哉の事件当日の足取りと行動なんやが、訊《き》き込みの結果を総合して、ある程度の状況は摑《つか》めた。……池内は四月十五日、午前一時過ぎにクアトロを出て、同僚ホステスと二人で、梅田新道のタクシー乗り場からタクシーに乗った。アルカディアに帰り着いたんが午前一時三十五分。これは、同僚が箕面に住んでて、豊中経由で帰宅したから間違いはない。そして、十五日の午前十一時ごろ、池内は――」

ごみ袋を一階のごみ置場に出した。この時、二階の主婦と顔を合わせている。濃紺のトレーナーにジーンズといった恰好《かっこう》で、化粧気はなかった。

午後二時四十分ごろ、近くの酒屋の店員が七〇三号室のチャイムのボタンを押した。彰子が顔をのぞかせて、注文はないといった。

午後四時前、あるキリスト教系宗教集団の信者二人が七〇三号室のドアをノックすると、女の声で、話は聴けないという返答があった。

四時二十分ごろ、この信者二人が、一階エントランスホールで、エレベーターの前に立っているチョコレート色の革ブルゾンの男を目撃した。これは吉松慎哉の服装に合致するが、顔を見たわけではなく、断定するには危険がある。

「なお、四月十五日、午後八時三十分に、七〇三号室のチャイムを押した人物については、その目撃者もなく、特定はできてない。また、十六日午前二時十分ごろ、縊死《いし》の直前に、池内と電話で話をしていたと思われる人物も不明である……と以上や。次に、吉松慎哉の方は、十五日の午後三時に、女友達の一人である南原いすずのマンションを出てる。それ以降、午後五時に、ディキシーチキンに欠勤の電話が入った以外は、死体になって発見されるまで、誰もその姿を見てへんし、声も聞いてへん」

「吉松のアパートに泥棒が入ったと聞きましたけど、そっちの方は」

古市署の捜査員が質問した。

「清風荘及び附近の住人に対する訊き込みをしたが、目撃者はもちろん、有力な手がかりはなし。室内の指紋、掌紋も吉松以外のものはなかった」

「その盗《ぬす》っ人《と》、部屋の鍵《かぎ》を持ってたんでっしゃろ」と、別の古市署捜査員。

「そう、その可能性が大きいな。肝腎《かんじん》の鍵の入手方法は、今後の捜査で明らかにせないかん」

原田は紋切り型の答えを返して、「他に何か」

「質問」

と、勢いよく手をあげたのは竜王橋担当の桑原だった。「池内の交遊関係ですけど、クアトロの客の調べはどうなってるんです。建設業界の客もようけいてるんでしょ」

「それはきのう、リストアップが完了した。これからひとりずつ、つぶして行く。……手はじめに、大森組大阪支店の設計部次長から事情を聞いたけど、こいつはほとんどひっかかるところがなかった。むろん、古川総次郎との関連もない」

いって、原田は一座を眺めまわす。新たな質問がないのを確認して腰を下ろすと、代わりに川島が立ち上がった。よく通る高い声で、

「きのう、ようやく古川総次郎の目撃者を探しあてた」

へえ、ほんまかいな――低いざわめき。

「場所は左京区岩倉木野の京極記念病院から北へ二・五キロほど入った山の麓《ふもと》。一月十八日の午後三時ごろ、川背《かわせ》地区の主婦が村外れの親戚《しんせき》の家へ作った甘酒を持って行く途中、見知らぬ男が遠くを歩いてるのを目撃してる。男は黒いマントみたいなぞろっと長い服を着て、雪の積もったハイキングコースを静原の方に向かってた。主婦は、こんな寒い中をひとりでどこへ行くんやろと思いながら、甘酒が冷めたらあかんと、また歩きだした。しばらく行って振り返ったら、男の姿はなかったと、こう証言した」

「黒いマントみたいな服いうのは、ガウンのことですな」

豊中北署の捜査員がいった。

「そう考えて間違いはないと思う。十八日の午後三時という目撃時刻も、古川が病院を飛び出したんが一時半やから、時間的にぴったり符合する」

「古川はその川背を抜けて、静原に出たんですか」

「それが、どうも出たような痕跡《こんせき》がないんや」

「どういうことです」

「川背は、箕《み》ノ裏《うらが》ヶ岳《たけ》と静原川に挟まれた谷あいにある。川背から静原へ通じる道は一本だけ。それも静原口のあたりに近づくにつれて、道幅が広うなるし、民家もどんどん増えてくる。古川のガウン姿はいやでも眼につくはずなんやけど、今のとこ、どこにも目撃者がおらん」

「そいつは妙ですな」

「そう、妙なんや」

川島は首を捻《ひね》りながら、「ま、これから川背や静原の本格的な訊き込みに入るし、新しい情報も得られる。二、三日のうちには古川の足取りを摑めるはずや」いって、鼻の頭をひとかきした。その癖があるから、川島の鼻はいつも赤い。


清風荘、鑑識の付けたナンバー錠を外して、部屋の中に入った。三和土《たたき》、板の間、ダイニング、八畳の和室、どこも捜索した時の状況と変わりはない。

私は簞笥《たんす》の前に屈《かが》み込んで、抽斗《ひきだし》を上から順に調べて行った。給料明細、保険証、電気カミソリ、ハンカチ、下着、靴下……やはり、カメラはない。それは、キヤノンのフラッシュ内蔵、ズーム機構付き全自動コンパクトカメラで、吉松がぜひ欲しいというからプレゼントしたと、佐野克子はいった——。

「そっちはどうや。あるか」

押入に頭を突っ込んでいる五十嵐に訊いた。

「ありませんね、どこにも」

「アルバムとか、写真は」

「フィルムの一本、ネガの一枚も見あたりませんわ」

「そら、おかしいやないか」

佐野克子がカメラを買ったのは神戸三宮《さんのみや》の専門店だった。いっしょにいた吉松が機種を選び、そのあとポートピアホテルのスカイラウンジへ行って、港の景色をフィルム一本分、撮ったという。

「カメラはともかく、フィルムは現像に出しとるんですかね」

「ポートピアへ行ったんは二月の初めやで。撮り終えたフィルムをいつまでも放ったらかしにはせんやろし、少なくとも一週間や十日後には、吉松は出来上がった写真を手にしてるはずや。それに、アルバムの類《たぐい》がないというのも気に入らん。何ぼ、アパートでひとり暮らしやいうても、ふつう一冊や二冊は持っとるもんや」

いって、抽斗を閉めた時、外の廊下を歩く足音が聞こえた。

私は立って玄関へ行き、ドアを開けた。階段を下りる紺の制服姿。

「何や、郵便かい」

いいかけて、前の手《て》摺《すり》を見ると、ハリガネで括《くく》りつけた新聞受けの中に大きなハトロン紙の封筒が入っている。私は靴下のまま外に出て、その封筒を抜き出した。

〈福島区玉川二丁目五、清風荘二〇一、吉松慎哉様〉、厚さ二センチ、週刊誌大の書籍小包だった。差出人は、東京六本木《ろっぽんぎ》の建築創造社となっている。

部屋に入った。セロハンテープを剝《は》がして開封する。他人の私信を開封する権限などないことは充分承知しているが、今はこだわっていられない。

「何です、それ」

五十嵐が興味津々《しんしん》といった顔で寄って来る。

「見てのとおり、書籍や」

封筒から出した本を炬燵《こたつ》の上に置いた。「創建　住宅特集号」、指紋が付かないよう、端をつまんで一枚ずつ繰る。手紙やメモは挟まれていない。奥付を改めると、今年の一月に刊行されている。

「バックナンバーやないか」

「出版社に金を払《はろ》て、送ってもろたんですね」

「またまた現れ出《い》でたる建築雑誌。何を意味しとるんや」

「目次を広げた。──住宅特集、「建築家の別荘」

軽井沢《かるいざわ》、中村《なかむら》邸。鎌倉《かまくら》、増田《ますだ》邸。犬山《いぬやま》、石坂《いしざか》邸と並んで、左京、佐伯邸、とあった。

心臓がトクンとひとつ鳴る。ページを繰るのがもどかしい。

──五十七ページ、カラーのグラビア。〈サオス建築設計事務所、佐伯知久氏、別荘。京都市左京区静原町川背〉、鮮やかな紅葉の林を背景に、中央にコンクリート打ち放しの平屋がレイアウトされている。敷地の境界を示す垣や塀はなく、丘陵の、そこだけ高木のない広い草地に大きなコンクリートブロックを放置したような、そんな感じの別荘だ。

「静原町川背、佐伯知久……。どうやら見えてきたみたいやな」

「文田さん、ぼくら……」五十嵐の表情が硬い。

「そう。わしら、もつれた糸の端を摘《つま》み上げたんや」

8

音羽《おとわ》山のトンネルを抜け、瀬田《せた》川を渡って、沿線には田や畑が広がり、遠くに山並が望めるようになった。空はどこまでも青く、雲はきらきらと白い。

「わし、自慢やないけど、東京へ行くんはこれが初めてやで」

「ぼくは二へんめです。いっぺんめは高校の修学旅行、日光《にっこう》の東照宮《とうしょうぐう》なんか、ひと眼見るなり吐きそうになりました」

「おう、おう、また京都至上論が拝聴できそうな感じやな。大阪相手では旗色がわるいと悟って、今度は東京に爆弾落とす気か」

「ぼく、おふくろによう聞かされました。その昔、鈴鹿《すずか》の向こうは東《アズマ》というわけの分からん国やったんです」

「その東の国に、政権も朝廷も持って行かれた。零落市民としては憤懣《ふんまん》やるかたないということですな」

「ブンさん」

「文田さんや」

「零落いうのはどういう意味です」

「深い意味はない。つい口に出ただけや」

「ぼく、誰かに聞いたことあるけど、偏見すなわち劣等感なんですて」

「その劣等感いうのはどういう意味や」

「別に意味はありません。つい口に出たんです」

「五十嵐よ」

「何です」

「わし、日帰りの出張でよかったわ」

名古屋を過ぎるまで、私と五十嵐は口をきかなかった。

改札を出たところで、もう何が何やら分からなくなった。駅構内は溢《あふ》れかえるような人の波、みんな歩くのが速い。

駅員に六本木へ行く方法を訊《たず》ねると、東京弁で答えてくれた。異郷の地に来たことを実感する。

山手《やまのて》線で有楽町《ゆうらくちょう》、地下鉄日比谷《ひびや》線に乗った。それにしても、東京の地下鉄は複雑だ。都営や営団が入り交じってさっぱり分からない。

「迷路やな、まるで。こんなややこしい交通網、東京人も理解できへんのと違うか」

「家康《いえやす》がわるいんです、家康が。あんなせこい人間が江戸の町を作ったから、こういう破目になったんです」

「あん……」

「家康は防衛本能が異常に強かったんです。そやし、攻め込まれた時は、京都風の町より、こういう迷路の方がええと考えたんです」

「講釈師、見て来たような嘘をいうやないか」

「高校の日本史の授業で習《なろ》たんです」

「お勉強がようできはったんですな」

——六本木に着いた。改札を出て、防衛庁方面の階段を上った。

「都会ですね」

「うん、都会やな」

「建物や店がおしゃれですね」

「うん、おしゃれやな」

気分はお上りさんだ。大阪とは街の匂いまで違うような感じがする。

防衛庁の筋向い、ハーフミラーのビルの中に入った。建築創造社は八階だった。

「ええ、そうです。封書に二千八百円分の切手を同封して申し込みをしてもらえば、折りかえし、当該のバックナンバーを送付します。送料は当社負担です」

建築創造社編集部の内田《うちだ》は早口で答える。ハーブ系のコロン、軽くウェーブさせた短い髪、ゆったりした赤のカーディガンにからし色のレジメンタルタイがよく調和している。

「その申し込みと発送の日付、分かりますか」

「はい、分かります」

内田はファイルを繰って、「申込書の到着が四月十一日、発送は四月十七日です」

「その封筒と申込書は残ってますか」

あれば、帳場に持ち帰って、筆跡鑑定と指紋の検出をする。

「残っていません。発送をした時点で廃棄しますから」

「そら、残念ですな」

私は気を取り直して、「川背の別荘、いつ写真を撮ったんですか」

「去年の十月か十一月だったと思います」

「すんません、正確な撮影日を知りたいんですわ」

「少しお待ち下さい。調べます」

内田は立って応接室を出て行き、しばらくして戻って来た。

「十月三十日です。二十九日に東京を出て、京都市内に一泊。三十日の朝から写真撮りをしました」

「撮ったんは内田さんですか」

「いえ、カメラマンです。当社の契約カメラマンを京都に同行させました」

「佐伯氏は撮影に立ち会《お》うたんですか」

「立ち会っていただきました。佐伯先生は上機嫌で、撮影のあとは市内に出て、花見《はなみ》小路《こうじ》や先斗町《ぽんとちょう》を案内してもらいました」

「撮影料みたいなもんは払《はろ》うたりするんですか」

五十嵐が訊《き》いた。内田は苦笑して、

「どちらかといえば、受け取りたい方ですね」

「それは」

「建築家にとって自分の設計した建造物は、自宅であれ、別荘であれ、作品なんです。だから、作品発表の機会は多ければ多いほどいい。私たちは、いわば建築家の宣伝をしたんです」

「ほな、花見小路や先斗町は佐伯氏が接待してくれたんですな」

「そういう表現はあまり適切じゃないでしょうけどね……」

内田は眉《まゆ》をひそめた。五十嵐は気にするふうもなく、

「撮影の時、佐伯氏は注文を出しましたか。例えば、ここは撮ったらいかんとか、この部屋はまずいとか」

「そんなことはまったくなかったですね。部屋はすべてオープンだし、屋外を含めて、どこをどう撮るかはこちらの自由にさせてもらいました。第一、立ち会いといっても、佐伯先生は暖炉の前に腰を据えて、ブランデーを飲んでいらしただけですよ」

――「創建」に掲載された屋内の写真と平面図によれば、佐伯知久の別荘は東西に長い長方形になっている。建築面積は百四十平方メートル、南側の半分をリビングスペースにして、中央から西寄りに段差をつけ、右がフローリング張りの洋間、左が十畳の和室。北側は、右にダイニングキッチン、真ん中にバス、トイレ、左に寝室を配している。リビングの洋間とダイニングの境には、暖炉と小さなホームバーを設《しつら》えて、別荘らしいくつろいだ雰囲気を際立たせるアクセントにしている。

「佐伯氏は、酒は強いんですか」私が訊いた。

「よくお飲みになるようですね。京都の店もたくさんご存知だったから」

佐伯の自宅は中央区谷町《たにまち》四丁目にある。大阪から京都まで遠征して遊んでいるらしい。

「ここはひとつ忌憚《きたん》のないとこを教えて欲しいんやけど、内田さんは佐伯氏の人となりをどういうふうに見はります。称賛、批判、気がついたことは何でも結構です」

「忌憚のないところですか……」

内田は俯《うつむ》いて首の後ろを撫《な》でまわす。いおうかいうまいか、迷っているような仕草だ。

「遠い大阪から、大の男が首そろえて出て来たんです。いうてもらえませんか」と、私。

内田は顔を上げた。

「建築設計家としての実力はありますね。……ありますが、はっきりいって人望はない」

「人望はない……」

「上昇志向が強すぎるんじゃないですか。それを自信の表れと見るか、あざといと評するか、人によって意見の相違はありますがね」

「それは、例えばどんな点です」

「佐伯先生の出身校は神戸工大です。伝統のある学校だし、特に建築科は優秀な人材を輩出してますが、いかんせん、シンボリックな公共建築に関しては、設計実績がほとんどない。そこで先生は日本設計家連合会や建築士学会のボスと称される大家《たいか》に取り入って、コンペの指名を受けられるよう猛烈な運動をした。その結果、近年は地元の粕谷《かすや》市歴史文化会館とか……」

「ちょ、ちょっと待って下さい。わしら素人やし、もひとつ理解ができんのです。……まず、シンボリックな公共建築とはどういうもんですか」

「国や都道府県の大プロジェクト、あるいは文化的、象徴的な建造物です。古くは代々木《よよぎ》の国立屋内競技場から、京都国際会館、東京国立近代美術館、国立民族学博物館、最高裁庁舎、最近では関西新空港、東京都庁、愛知県新文化会館。その他、国公立大学、地方美術館、県庁舎、市庁舎、体育館と、数えあげればきりがありません」

「ほな、シンボリックでない公共建築いうのは」

「地方の小、中学校、公民館など。数からいえば、総建築数のうち、こちらが九五パーセント以上を占めるんです」

「なるほど、よう分かりました。……神戸工大の出身者は何でシンボリックな公共建築を設計できんのです」

「それは東大の建築科が圧倒的に強いからです。こと公共シンボル建築に関する限り、日本の建築学界はとにもかくにも東大閥なんです」

「官庁といっしょですがな。京大の建築科なんかは対抗できんのですか」

「駄目ですね」

内田は即答した。「刑事さんは建築家の増原省三《ますはらしょうぞう》をご存知ですか」

「たまにテレビに出たりしてますな。大阪の府立美術館を設計したんと違いますか」

「そう。増原省三は京大出身で、卒業後、東大の服部《はっとり》研究室に入りました。今は東大閥の重鎮です」

「そんなあほなことありますかいな」

ふいに五十嵐が口をはさんだ。「京都が東京に屈服するやて、堪忍《かんにん》できまへん」

「はあ……」内田の唖然《あぜん》とした表情。

「いや、何でもおません」

私は手を振りながら、こいつあほですねん、相手にしなはんな——と、口の中でいい、「佐伯氏が取り入った大家いうのは、服部大先生とか増原とか？」

「ええ。服部名誉教授は建築士学会の会長で文化勲章の受章者、増原氏は設計家連合会の理事です」

「取り入る方法は」

「一概にはいえませんね。ま、例をあげれば、建築設計家協会の総会、分科会がそうですね。私たちも取材に行くんですが、ここで佐伯先生は必ずといっていいほど発表をします。演題は、ウォーターフロント、商業空間、都市景観など、その都度、変わりはするんですが、内容はいつも同じ。主に東大系の建築大家のプランニングした都市開発計画や建造物を取り上げて、それがいかに優秀、洗練されているかを延々と喋《しゃべ》り続ける。出席者はまた始まったという顔で欠伸《あくび》が洩《も》れたりします。私もやりすぎかなとは思いますが、それでけっこう効果はあるんですわ」

「人間、誉められてわるい気はしませんわな」

　私は相槌《あいづち》をうって、「佐伯さん、実力もあるというのは」

「六年前に日本建築士学会の新人賞を受賞しています。三十代での受賞というのはかなり早いですね」

「わし、よう判らんけど、その賞は権威あるんですか」

「数ある新人賞の中ではいちばんじゃないですか。これを受賞すれば、建築家として一流とみなされます」

「一躍、先生扱いですな」

　姫路の現場で所長を叱責《しっせき》していた佐伯の姿が眼に浮かぶ。

「建築家が世に出るには、一般的にどんな方法があるんですか」

「まず、いい作品を作ることですね。それと、雑誌のコンペなどにパースや図面を応募する。入選を重ね、作品が認められて、四十代前半に建築士学会新人賞。五十歳前後で建築士学会賞を受けて、建築家としての地位が確立します。それ以降、もっと伸びる人は芸術院会員になり、文化功労賞、文化勲章を拝受して功成り名遂げるわけです。佐伯先生はこの階段を順調に上ってますよ」

「なるほど、そうでっか」

　私は腕を組んで考える。訊き逃《のが》したことはないか……。「あ、そうそう、撮影の時、京都市内から川背へはどうやって行ったんですか」

「車です。佐伯先生がホテルまで迎えに来てくれました」

「運転は佐伯さんですな」

「ええ。白のベンツでした」

「コースは」

「あまり詳しくは分からないけど、上賀茂から市原《いちはら》を通って、静原川沿いの道を北へ行きました。どこかのバス停を右に曲がって、山道を五分くらい上ったところが川背で、そこから東の山の中腹に建っている別荘がよく見えるんですよ」

「別荘のまわりはどんな感じでした」

「あの写真のとおり、まったく何もないんです。窓から見えるのは、雑木林と野原と小川だけ。自然環境は申し分ないし、たまの静養にはいいかもしれないけど、私だと、かえって疲れちゃうような気がしましたね」

「こういう大都会で働いてはるから、余計にそう思うんでしょうな」

いいつつ、私は川背のハイキングコースから別荘の方に向かう古川総次郎の後ろ姿を頭に思い浮かべていた。

川背へ行こう、そう決めた。

午後四時十七分発のひかり二五三号に乗って、京都に着いたのが午後七時十五分、日はとっぷり暮れていた。駅裏のレンタカー会社でパルサーを借り、堀川《ほりかわ》通りをまっすぐ北上する。

「おまえ、早《はよ》う免許取って車を買え。車があったら、京都でレンタカーなんぞ借りることない」

「自分の車を捜査に使《つこ》うたら、ガソリン代出るんですか」

「時と場合によっては出るかもしれん」

「あほらし、そんなん、損ですわ」

——御薗橋《みそのばし》を渡って上賀茂。柊野《ひらぎの》から二軒茶屋、市原を経て、静原口に着いた。上に《川背方面》の標識。私はウインカーを点滅させて右折した。

上り坂が続いて、道幅は徐々に狭くなる。民家が途切れて、街灯もない。

「こらまた淋《さみ》しいところですね」

「こういう曲がり角に白い服着た髪の長い女がぽろんと立ってるんや。お嬢さん、どこ行きまんねん、と助平心出して車に乗せたんはええが、ちょっと走って後ろ見たら誰もおらん。女の坐《すわ》ってたシートがびっしょり濡《ぬ》れてると、そういう筋書きや。怖いやろ」

「怖いけど、いっぺんそういうめに遭《お》うてみたい気もしますね。ぼく、幽霊がどんなパンツはいてるか確かめたい」

「教えたろ。あそこに白い三角の角《すみ》帽子をあてとるんや」

——八時三十五分、川背に到着。道路沿いの雑貨屋に明かりがある。私は車を降りて、雑貨屋の戸を開けた。

「すんません」

呼びかけると、奥から小柄なお婆さんが出て来た。

「たばこ下さい。マイルドセブンを二つ」

私はポケットの小銭を探りながら、「この近くに別荘ありませんか。佐伯知久いう人の別荘です」

「あ、それやったら、この先の米屋さんの角を左に行きはったらよろしいわ。まっ暗やし、道わるいけど、突きあたりやから迷うたりはしませんわ」

「どうもありがとうございます」たばこを受け取って出ようとするところへ、

「おうち、警察のお人ですか」

「えっ……。まあ、そうですけど」

「今日もお二人ほど来やはりましたわ。あのバラバラ事件の人、この村を歩いてはったそうですね」

「どこへ行ったかを調べとるんですわ」

「刑事さんも、こんな遅うまで大変ですね。お茶でも一杯どないです」

「いえ、ご厚意だけいただいときます」

いって外へ出た。親切なお婆さんだった。

車に乗った。しばらく行って、米屋の角を左折する。道は未舗装で、いたるところに大小の窪《くぼ》みがあり、車の底を打つ。

杉林と畑の間を一キロも走っただろうか、道の突きあたりは、竹藪《たけやぶ》を開いてコンクリート擁壁《ようへき》の土留めをし、小砂利を敷きつめた二十坪ほどの空地になっていた。擁壁の正面にＳＡＥＫＩと刻まれたステンレスプレートが埋め込まれ、ここが佐伯知久の別荘の駐車場だと知れる。

エンジンを止め、ヘッドライトを消した。まっ暗、何も見えない。眼が慣れるまで、たばこを一本ふかす。

「しもたな。さっきの雑貨屋で懐中電灯を買《こ》うて来るんやった」

「懐中電灯一本では何も見えませんわ。日のある時に出直したらどないです」

「それやったら、何もレンタカー借りてまでこんなとこへ来る必要ない」

「けど、ほんまにこんなことしてええのかな。独断専行はご法度《はっと》ですやろ」

「嫌なら、おりんかい。わしひとりで調べるがな」

「こんなとこで文田さんを待ってたら、それこそ白い服着た女が出て来ますわ」

「よっしゃ。行くぞ」

たばこを消して外へ出た。

擁壁の左隅に階段があった。上ると、そこは竹林で、太い孟宗竹《もうそうちく》の間を一本の小径《こみち》が通っている。両手を前にかざし、足許《あしもと》に注意しながらゆっくり歩いた。五十嵐は黙ってついて来る。

竹林を抜けると、一挙に視界が開けた。月明かりの下、広いなだらかな山腹の中央に、ほとんど黒に近い灰色の建造物。

「写真といっしょですね」

「そうやな」

「創建」のグラビアはこの附近から撮影したらしい。

低い鋳鉄の手摺《てすり》を跨《また》ぎ越した。煉瓦《れんが》敷きのテラス、左に陶製のガーデンセットがある。

建物の南側は全面がガラス張りだった。出入口は二ヵ所、当然のことながら施錠されている。

東へまわった。玄関、鋲《びょう》を打ち込んだ寄せ木の扉はびくともしない。

北側、換気扇の排気口と、バス、トイレの窓。そしてひとまわり大きい寝室の窓。どれも開かない。少し離れた空地の隅に、背の低い電話ボックスのような設備があるのは、たぶんごみ焼却炉だ。

西側、和室の窓も開かなかった。

「こら、あきませんわ」

「あかんな」

「またにしますか」

「またにするて、どういうこっちゃ」

「佐伯に鍵《かぎ》を借りて来るんです」

「あほ。そんなことしたら、わしらがあいつのこと嗅《か》ぎまわってるの、まる分かりやないか」

建築創造社の内田には我々の訊《き》き込みを口外しないよう強くいった。他の編集部員にも喋《しゃべ》らないよう念を押した。古川総次郎が川背で目撃されたことはニュースに流れたが、そこに佐伯知久の別荘があることまでは報道されていない。

「文田さんはどう思います。佐伯は事件の捜査を意識してますかね」

「そら強く意識してるやろ。アルカディア事件にしろ、竜王橋事件にしろ、係わりがあることに疑いはない」

きのう、私と五十嵐が「創建　住宅特集号」を帳場に持ち帰ったことにより、捜査は急展開を見せた。深町は帳場の全員を集めて、

一、竜王橋事件のバラバラ死体遺棄——基礎杭《きそくい》を利用したことにより、建築、工事関係者が絡んでいた可能性が強い。
二、池内彰子と佐伯知久の関係——佐伯はクアトロの客であり、彰子と面識があった。
三、ハイム・アルカディアの下駄箱から発見された竜王橋事件の新聞切り抜きと、「現代建築」——現代建築誌には、佐伯の主宰するサオス建築設計事務所が広島芸術工科大学の設計コンペに一位入賞したという記事が掲載されていた。
四、古川総次郎の足取り——川背で目撃されて以来、消息不明。
五、清風荘、吉松慎哉宛《あて》に送られて来た「創建　住宅特集号」——川背には佐伯の別荘がある。

……と、以上を説明し、佐伯知久こそが竜王橋、アルカディア両事件をつなぐ最重要人物であると断言した——。

「しかし、困ったな。どの窓もしっかり閉まっとるやないか」

私はどこか隙を見つけて屋内に侵入するつもりでいた。でないと、高いレンタカーを借りてここまで来た甲斐《かい》がない。

「ガラス破ったら簡単ですわ」

「刑事が盗《ぬす》っ人《と》の真似してどないするんや」

「そやけど、文田さんはそのつもりなんでしょ」

「まあ、な……」

入って、中を調べたい。五十嵐がここにいなければ、私はためらいなく窓を破るだろう。市民の良識より、刑事の良心を優先させるのだ。

「ええ知恵はないんかい。手荒なことせずに忍び込む方法《すべ》はあらへんか」

「ないことはないと思います」五十嵐は即答した。

「どないするんや」

「この家、リビングルームに大きな作り付けの暖炉がありました。暖炉には煙突が付いてます」

「そうか、サンタクロースか」

私は手を叩《たた》いて、長く張り出した陸屋根の庇《ひさし》を仰ぎ見た。

東側にまわった。玄関の横に高いイチョウの木。五十嵐は大きな体に似合わぬ敏捷《びんしょう》な動きで木に登り、

「さ、こっちです」

木の上から手を差しのべる。腕を伸ばすと、手首を摑《つか》まれて、一気に引き上げられた。さすが元機動隊、ゴリラ並の力だ。嫌味はいっても殴り合いだけはすまいと固く

心に決めた。

枝から陸屋根に飛び移った。左手前に、これもコンクリート打ち放しの煙突。高さ約一・五メートル、幅八十センチで、上に雨除《よ》けの傘がかぶさっている。傘は長さ二メートルほどの、大口径のステンレスパイプを半分に割ったもので、これを伏せた状態にして、煙突の上端にボルトで取り付けてある。

私は腰を屈《かが》めて傘の下に入り、煙突の中を覗《のぞ》き込んだ。何も見えない。深く身を乗り出した途端、硬いもので額と鼻を打ち、驚いて伸び上がった拍子に後頭部を傘にぶつけた。ゴーンと耳に響く鐘のような音。

「どないしたんです」と、後ろから五十嵐。

「何でもない」

頭を押さえながら煙突の中に右手を入れると、そこには四本の棒があった。たぶん、泥棒除けの簀子《すのこ》だ。簀子もボルトどめされている。指でナットを緩めようとするがびくともしない。

「あかん、スパナが要る」

傘の外に出た。

「うわっ……」

五十嵐が眼をむく。「顔が真ん中で割れてます」

煤《すす》が付いたのだ。

「要らん心配せんと、車のとこへ走って、工具を持って来い」

ポケットからキーを抜き出した。受け取る五十嵐の手が小刻みに震えている。顔を見ると、歯を食いしばって笑いをこらえていた。

――五分後、五十嵐が戻って来て、作業再開。ナットに合うスパナがないので、プライヤーを使う。幸い、ナットは錆《さ》び付いておらず、簀子は簡単に外れた。

「ね、文田さん、ほんまにここから降りるんですか」

「何やおまえ、怖いんか」

「怖いことはないけど……」

「煤だらけになります、か。……おまえは降りんでもええ。簀子を元どおりにして、下のテラスで待っとれ」

私はジャケットを脱いで五十嵐に預け、傘の下に入った。煙突の上で腹這《はらば》いになり、背中を丸めて足先から降りて行く。煙突内部は六十センチ四方の筒状で、背中と膝《ひざ》、靴先を壁に押し付ければ、体を支えられる。落ちるおそれはない。

底に降り立った。燃え残りの薪《まき》を踏み散らさないよう注意して、暖炉の外へ出た。デザートブーツを脱いで手に持ち、テラスに向かってそっと歩いた。リビングルームの床はフローリング仕上げだ。

カーテンを引きあけ、ガラス戸のロックを外してテラスに出た。五十嵐が立っている。私はブーツを置いて、

「どうや、汚れてるか」

頭や服をはたきながらまわってみせる。

「思たほどでもありませんね。お尻《しり》と膝はひどいけど」

「それやったらええ」

私はスポーツシャツを脱いで、デザートブーツの上に置いた。ジャケットを受け取って、下着の上に着る。

「さて、これから正式の住居不法侵入や。誓いの言葉をいえ」

「はい」

五十嵐はこっくりうなずいた。「本行為は文田先輩と私の合意にもとづいて為されるものであり、何人《なんぴと》に強要されようとも決して他言はいたしません。また、指紋、足跡等、侵入の痕跡《こんせき》を残さぬよう、極力注意することを誓います」

「よし、入れ」

再度、侵入した。五十嵐は靴を脱いで、私のあとに続いた。

ホームバーの近くに照明のスイッチがあった。私は五十嵐に遮光カーテンを閉めさ

せ、月明かりの射し込む隙間がないことを確認してから、スイッチを押した。一瞬、眩《まぶ》しさに眼を細める。四メートル以上はある高い天井、埋め込みのシーリングライトが点《つ》いた。

リビングルームは小学校の教室ほどの広さだった。ダイニング寄りの西の隅に、コンクリート打ち放しの暖炉。開口部は高さ一メートルくらいで、火床には耐火煉瓦《れんが》を敷きつめてある。薪《たきぎ》の上に煤が落ちているのは、あとで灰をかければ目立ちはしない。

暖炉の反対側にホームバーがあって、後ろの棚には数十本の洋酒。スコッチ、バーボン、ブランデー、リキュールが並んで、たいていのカクテルは作れそうな品揃えだ。

ホームバーの右に大型テレビ、両側にスピーカーが据えられている。

部屋の中央には、華奢《きゃしゃ》なクロームメッキのフレームにガラストップのテーブル、餅《もち》焼網を組み合わせて溶接したような骨組に薄いスエードのクッションをあしらったソファ、敷物は段通《だんつう》だ。

「どうや、これを見て、あのグラビアと違うとこあるか」

「どこも違いませんね。佐伯が坐《すわ》ってブランデーを飲んでたという椅子の位置までいっしょですわ」

暖炉の前には黒い革張りのリクライニングチェアがある。

「吉松はしかし、何でこの別荘のグラビア写真を欲しがったんですかね」

「それが分からんから、こうやって調べとるんやないか」

いって、私は西の襖《ふすま》を開けた。照明を点ける。十畳の和室、畳の匂いがいい。

「何か印象が違いますね」

「ああ。……どこが違うんやろな」

「グラビアでは、真ん中に炬燵《こたつ》がありました」

「そういや、そうやったな」

私は手にハンカチを巻いて、押入の戸を開けた。中にはふとん、毛布、枕。この部屋はどうやら客用の寝室にも使われているらしい。

和室を出た。リビングルームを通って、ダイニングキッチンに入る。中央に六人掛けのテーブル、システムキッチンの流しや調理台は磨きあげられて一点の曇りもない。天袋や収納庫の扉はすべてオークを使っている。

「こんな贅沢《ぜいたく》な台所を作って、いったい誰が料理をするんです」

「そら、佐伯のよめはんが……」

いいかけて、佐伯が独身だということに気づいた。三十二歳で結婚して、二年で別れている。子供はいない。

「食い物はあるんかい」

冷蔵庫を開けた。ビール、瓶詰、ハム、チーズ、調味料——。封を切っていない加工食品ばかりで生鮮食料品はない。佐伯はめったにここには来ないようだ。

ダイニングキッチンを出た。バス、トイレ、寝室――。どこも私の家より数段金がかかっていることを確認しただけで、特に注意を引くものはなかった。つまるところ、この令状のない家宅捜索は不発に終ったというわけだ。

「あほくさ、やっとれんわ。帰ろ」

「どうやってここを出るんです」

「そいつが問題やな」

また煙突の中を登ることなんかできない。

「トイレの窓から出るとしよか。あこは外にアルミの格子が付いてるし、錠がおりてなくても別条ないやろ。おまえは先に外へ出て、アルミ格子を外しといてくれ」

私は暖炉の薪に灰をかけた。ガラス戸を閉めて施錠し、照明を消した。カーテンをもとにもどし、壁伝いにトイレにまわって窓を開けると、五十嵐がアルミ格子をギコギコやっている。

「どうや、外れそうか」

「ネジどめやし、ドライバー一本で外れます」

「ま、気長にやってくれ。ネジ、失くすなよ」

私は便器の蓋《ふた》を上げて、放尿した。土産代わりだ。

五十嵐を蛸薬師の家に送り届け、レンタカーを返して、JR東海道線に乗った。大阪着は十一時四十分、東三国に帰り着いた時は日付が変わっていた。私の巣は昭和三十年代の末に建てられた二階建棟割長屋の一軒で、建坪はわずか十二坪。最近、根太《ねだ》が腐ってきたのか、敷居が沈んで襖の半分以上は開閉できない。直すくらいなら、いっそ建て替えた方が安くつくのだが、肝腎《かんじん》の資金がない。建築家に設計させる個人住宅など、夢のまた夢だ。

玄関の上り口に、シャツとズボン、靴下を脱ぎ散らして茶の間に入ると、おふくろはまだ起きて文庫本を読んでいた。

「何や、おまえ、その恰好《かっこう》」

「服が汚れたんや。風呂《ふろ》、入れるか」

「湯、冷めてるし、沸かしたるわ」

おふくろはよっこらしょと立ち上がって、「おまえ、伶子さんに電話し」

「電話て、もう十二時過ぎとるんやで」

「何ぼ遅うなってもええ、必ずかけてくれというてた。大事な話があるんやて」

「ふーん、大事な話な……」

私は受話器をとってダイヤルをまわした。

二回のコールで、伶子が出た。

「あ、ブンちゃん？」

「総長は」

「もう寝てる」

「何や、大事な話て」

「私、いっときも早《はよ》うブンちゃんに知らせたかってん。この間、レストランで見せてもろた金具のこと」

「吉松の部屋で見つけた三角金具やな」

「あれ、電気《でんき》炬燵《ごたつ》の部品やないやろか」

「電気炬燵？」

「ひと月くらい前、私、部屋の炬燵を押入にしもうたんやけど、脚を外す時、あれと同じような形の三角の金具がヤグラに付いてることを思い出してん。それで今日、もういっぺん炬燵を出して確かめてみたら、ほんまにそっくり。ツメのところに丸い穴があいてるのは、そこにボルトを通して脚を固定するようになってるからや」

「それ、ほんまかい」思わず声が大きくなる。

「S字の金具は、電気コードをヤグラに吊《つ》るのと違うかな」

「伶ちゃん、そのこと、総長にいうたんか」

「いうてへん。おやじさん、女、子供は男の仕事に口出すなという考えやし、もしあれがほんまに炬燵の部品やったら、ブンちゃんのお手柄になるやんか」

「伶ちゃん」

「なに」

「今度、鮨《すし》おごるわ」

電話を切った。

居間の座卓は炬燵兼用だ。冬はヒーターを取り付けてふとんを掛ける。

私は両手を広げて天板を持ち上げた。湯呑《ゆの》み茶碗《ちゃわん》がころんで下に落ちたが、割れはしなかった。

天板を畳の上に置き、こぶしひとつで腰を叩《たた》いてから、格子のヤグラを裏返した。脚の取り付け部には黒い塗装の三角の金具。清風荘の金具より少し大きく、中央部に一本の溝はあるが、基本的な形状は変わらない。二等辺三角形で短辺と短辺の間が直角、各辺にツメが付いてボルトが差し込まれている。ヤグラの補強と脚の取り付けのための部品だ。長辺の端にU字の突起があるのは、ここにS字金具を通して、コードを吊るためだろう。

「やった、やりましたがな。文田浩和、本部長賞でっせ。けど、半分は伶子の手柄やから、あいつには……」

「おまえ、大丈夫かいな」

後ろにおふくろがいた。「夜の夜中に、パンツいっちょうで座卓をひっくり返す。おまけに、にやにやぶつぶつと独り言までいうようになったら、ほんまもんの病気やで」

頭を洗ったら、泡が灰色になった。かなりの煤《すす》がついていたようだ。

泡を流し、湯船に浸《つか》りながら、考えるのは金具のことだけ。

炬燵の金具――吉松はなぜ茶筒の底に隠していたのか。

いや、そもそも吉松には隠す意志があったのだろうか。金具はただ単に、茶筒の中に落ちていただけではないのか。

しかし、それなら、上に茶葉を入れたりしない。

吉松の部屋の炬燵は、旧型の、パイプの脚をヤグラにねじ込む形式だから、三角金具など必要ない。焼けて変色し、一部が錆《さ》びたごみに等しい鉄屑《てつくず》を、吉松はなぜ所持していたのか。

「あっ……」

炬燵の金具、炬燵……。

体が伸び上がった。湯がこぼれる。

——佐伯の別荘の和室には炬燵《こたつ》がなかった。「創建」のグラビアに写っていた炬燵……薄いグレーの無地のふとんに紺色の天板を載せた炬燵が今日は見あたらなかった。押入の中にもなかった。

「どういうこっちゃ。佐伯はどこに炬燵をしまいよったんや……」

9

「ブンのいうことは分からんでもない。けど、そこまで深読みするんはかえって危ないのと違うか」

総長は箸《はし》を割って、つけ汁にネギとわさびを落とした。

「そやから、わしは佐伯の別荘を捜索して、炬燵の所在をはっきりするべきやと思うんです」

私もわさびを溶いて、蕎麦《そば》をつまんだ。

「捜索の名目はどないするんや」

「それは、川背で古川総次郎が消息を絶ったから、とかいうてですね……」

「失跡すなわち家宅捜索の理由にはならん。第一、捜索なんぞしたら佐伯が警戒しよるやないか」

「しかし、わしは……」

「あの三角の金具が焼けてるのは、炬燵が燃えたから。そやし、別荘内のどこにも炬燵はないはずやと、そういいたいねやろ」

「そう、そのとおりです」

「ブンの意見が正しいとして、ほな、炬燵は誰が燃やしたんや」

「佐伯……でしょうかね」

「焼けた取付金具を吉松が持ってた理由は」

「さあ、どうしてですやろ」

「ブンの深読みはこの蕎麦といっしょやな」

「はあ……？」

「ざる読み。まるっきりのだだ漏れや」

笑いながらいって、総長は蕎麦をひとすすりし、「家宅捜索なんかせんでも、あの金具が佐伯の別荘の炬燵の部品やということを確認する方法はあるがな」

「ほんまですかいな」

「『創建』の写真に載ってた炬燵の天板は長方形で紺に白の細いストライプが入ってる。メーカーと機種を特定するのは簡単や」

「そうか。機種を特定して、その取付部品があの三角金具と一致したらええんや」

今日、五十嵐と所轄署員は金具を持って、日本橋《にっぽんばし》の電器店街を歩いている。遅くとも一両日中には機種の特定ができるだろう。

「さすが総長、亀の甲より年の功ですね」

「誰が年寄りや、誰が」

「いや、わしは、その……」

「本来、五十嵐を指導する立場にある者が、これをそそのかして不法に家宅侵入する。ざる読みはする。おまけにこのわしを年寄りやといいよった。けしからん、ここの勘定、ブンが払え。ええな」

四百八十円、損をした。

蕎麦屋を出て喫茶店に入り、三十分、油を売った。総長は例によってマンガを読み、私はスポーツ新聞に眼を通しながらコーヒーを飲んだ。コーヒー代は総長が出してくれた――。

JR環状線、野田駅の北、商店街の外れに米屋があった。前にD・P・Eの看板。朝から十九軒めの訊《き》き込みだ。

「すんません、ちょっとお訊《たず》ねしたいことがありまして」

総長と私は中に入り、五分後には、「お忙しいとこ、お邪魔しました」

一礼して外に出た――。

商店街を抜けたところにコンビニエンスストア。二十軒めの訊き込み。

「――というわけで、二月一日以降、写真の現像を受け付けはったことないか、調べて欲しいんです。客の名前は吉松慎哉。玉川二丁目の清風荘いうアパートです」

二月初旬、佐野克子は吉松にカメラをプレゼントしている。

「ちょっとお待ち下さい」

エプロン姿の女性従業員はレジの下からノートを取り出して、カウンターの上に広げた。

しばらく待って、「……ありましたね」

「えっ、ありましたか」

「これがそうです」

従業員はノートを指さした。――ヨシマツシンヤ、2・06、24A・1。↓2・10。

「二月六日に二十四枚撮りのフィルムを一本、受け付けてます」

吉松はポートピアホテルで撮ったフィルムを、その翌日、現像に出したのだ。

「現像したネガと写真を渡したんは」

「二月十日ですね」

「それは、伝票と交換ですな」

「はい、そうです」

「伝票は残ってますか」

「すみません。写真を渡したら、捨てますから……」

「いや、いや、結構です。責めてるわけやおません」

総長は笑顔を見せて、「吉松慎哉がフィルムを持ち込んだんは、その一回だけですかね」

「どうですやろ」

従業員はまたノートを調べて、「あと二回ありますね。……二月十三日に三十六枚撮りを一本預って、二月十五日に渡してます。それと、四月一日に二十四枚撮りを一本。これは四月十六日に渡しました」

「四月十六日……」

総長はカウンターに両手をついて、「それ、間違いおませんか」

「はい。間違いありません」

吉松は四月十五日の夜に死亡している。いったい誰が写真を受け取ったというのだ。

「ネガと写真を渡したん、おたくさんですかいな」

「私は憶《おぼ》えありませんね……」

従業員は答えて、「店長を呼んで来ます」

奥の倉庫へ行って、背の低い眼鏡の男を連れて来た。

「――はい、よう憶えてます。黒の制服着た坊主頭の高校生でした」

「ほう、高校生でしたか」

「伝票をもろたんはええけど、ヨシマツさんのネガが見つからんで、えらい探したんです。何せ、半月前に預ったもんやから、キャビネットのいちばん底になってました」

「その高校生、何ぞいいましたか」

「黙って立ってました。写真とネガを渡したら、急いで出て行きました」

「それ、何時ごろでした」

「夕方やったと思います。青い大きな鞄《かばん》を肩に掛けてたし、学校の帰りやないですかね」

「何で高校生やと判りました」

「このあたりの中学生は学校指定の校章入りの鞄を持ってます」

「どこの高校か判りますか」

「さあね。男の制服はみんな同じやから……」

「高校生の特徴は」

「特に、憶えてませんね。坊主頭だけが印象に残ってます」

「けど、本人を見たら分かりますやろ」

「あんまり自信はないですね」

「いや、どうもありがとうございました。また何ぞあったら寄せてもらいます」

総長と私はコンビニエンスストアをあとにした。

「くそったれ、清風荘に侵入した盗《ぬす》っ人《と》は、カメラだけやのうて、撮った写真と引き換え伝票まで盗みよったな」

「理由は何です。港の夜景なんぞ盗んで何の値打ちがあるんです」

「吉松が夜景を撮ったんは二月の五日や。そのあと、カメラを使う機会は何べんもあったやろし、そもそも佐野にカメラを買わしたんは、何かを撮りたい意思があったからや」

「ほな、吉松は何を撮ったんです」

「それが分かりゃ、苦労はない」

総長は立ち止まって、「ブン、おまえ、あのソープ嬢の電話番号知っとるやろ。電話かけて、カメラとか写真のことを訊いてみい。何ぞ手がかりがあるかもしれん」

「そらよろしいな」

私はポケットからメモ帳を出しながら、近くの公衆電話に走って、高鷲コーポの南原いすずに電話を入れた。

いすずは寝起きらしく、掠《かす》れた声で私の質問に答えた。

――ええ。うち、慎哉がカメラ持ってたこと知ってます。メーカーなんかは知らんけど、コンパクトカメラでした。

――あれはひと月ほど前やったかな、昼前に慎哉から電話がかかってきて、だらだらと世間話なんかしてたんです。そのうち、あいつ、信用金庫の女の子にカメラをプレゼントしてもろたとかいうし、その子のヌードでも撮らんかいなとそそのかしたら、手始めにおまえがモデルになれと、そんな成り行きになってしもたんです。

——慎哉はカメラを持ってこの部屋に来ました。さあ服脱げとうるさいこと。けど、うち、ほんまに撮るとなったら、気後れしてしもて裸になられへん。あいつ、約束が違うやないかと怒ったりして、結局はレースのネグリジェ着て撮ったんです。でないと、現像に出されへんから。店では、お客さんにチップもろて何べんか撮らしたことあるけど、あれはポラロイドです。

——そう。二十四枚撮りのフィルム、みんな使《つこ》うたんやないかな。モデル料なんかくれるわけないし、それどころか、あいつ、現像料を寄越《よこ》せ、ですねん。ほんま、最低。

——写真を撮った日は、たぶん三月の二十八か二十九日やないかな。あの日は三月の最後のお休みやったし、うち、慎哉が帰ったあと、ネグリジェ着たままベッドに入って寝てしまいました。

「——と、こんな話ですわ。四月一日に持ち込んだフィルムについては、これで説明がつくのと違いますか」

「三月の二十八か二十九日やったら、時間的には符合するな。撮影の三、四日あとに、吉松はフィルムを現像に出したんや」

「けど、ネガと写真を受け取ったんが高校生やというのは、どう解釈したらええんやろ」

「盗っ人と高校生ではイメージが合わんな」

「わし、高校生はただの使い走りやないかという気がします」

「どっちにしても、問題は、どうやってその高校生をあぶり出すかやで」

「それは案外、簡単かもしれません」

「どないするんや」

「今どきの高校生で坊主頭というのは運動部の連中だけ。それも野球部と柔道部くらいのもんです。そやから、クラブ顧問の教師にいうて、写真を受け取ったことないかと、生徒に呼びかけてもらうんです。生徒が盗っ人の片割れでないなら、名乗り出ると思います」

「ほう。ブンもたまにはええこというやないか」

「そら、たまにはね」

「よし、今日は日の暮れるまで学校まわりや」

総長はまた歩きだした。ズボンの片方がまくれ上がって派手な水色の靴下が見えている。伶子の趣味だろうか。

野田駅を中心として半径二キロ以内の地域に高校は四校あった。うち一校は私立校で、制服は紺色のブレザーだった。総長と私は残る三校の府立高校を対象として、そこに赴き、野球部、柔道部、そして剣道部、水泳部など、男子部員に丸刈りを勧めているクラブの顧問教諭に協力を依頼した。中には、教育現場に警察権力を介入させるわけにはいかないと頑《かたくな》な意見を吐く教師もいたが、粘り強く説得して、了解してもらった。もし、コンビニエンスストアで写真を受け取った生徒がいれば、学校から帳場に連絡が来る。私の感触では、可能性は五〇パーセントといったところ。生徒の特定ができなければ、その時点でまた別の方策を考える——。

豊中北署に帰り着いたのは午後七時二十分、帳場に入るなり、総長と私は深町に呼ばれた。

「ええ報《しら》せや。例の金具、正体が分かった」

「やっぱり、炬燵《こたつ》の部品でしたか」

「ブンのいうとおりやったな」

深町はうなずいて、「メーカーは広瀬《ひろせ》電機。機種はＤＳ８８５Ｈ。四年前の春から秋にかけて三千三百台製造されてる。これがそのカタログや」

オレンジ色の表紙のカタログをデスクの上に放った。私は手にとって、手早く繰る。

あった。——DS885H。長方形の天板の表裏両面が使えるようになっていて、一方は木目、もう一方は紺地に細い白のストライプが入っている。「創建」の写真にあった、あの佐伯邸の炬燵だ。

横からカタログを覗《のぞ》き込んでいた総長が、

「こいつはいよいよおもしろなってきましたな。清風荘にあった金具は十中八九、佐伯の別荘の炬燵を燃やしたもんでっせ」

「何でそない思うんや」

と、深町。私と五十嵐が別荘内に侵入したことなど知る由もない。

「いや、ま、そんな気がしたんですわ」

総長は言葉を濁して、「ここは佐伯を警戒させることになるかもしれんけど、いっぺん会《お》うて事情を訊《き》いたらどうですか。清風荘に盗っ人の入った四月十六日前後、佐伯がどこで何しとったかを、本人の口から聞いてみるんです」

「そいつはしかし、まだ早いのと違うか。仮に佐伯のアリバイを崩したところで、それが直ちに吉松と佐伯の繋《つな》がりを意味するようにはならん。わしはもうちょいと外濠《そとぼり》を埋めてから攻めた方がええように思う」

さすが管理職らしい深町の意見は、慎重すぎるようだが一理ある。

「しゃあない。こないなったらはっきりいいまひょ」

総長は椅子を引き寄せて、それにまたがった。両肘《りょうひじ》で背もたれを抱え込むようにして、「これはあくまでもわし個人の意見やし、一部想像も入るけど、聞いてもらえまっか」

「聞こ。何なというてくれ」

「一月の十八日、京極記念病院を飛び出した古川は裏道からハイキングコースに入った。古川には、またぞろ傷害事件を起こしてしもたという悔恨と逃走の意識があるから、人に姿を見られとうない。寒いし、金はないし、どないしたもんかと考えながら尾根伝いに川背まで降りて来たら、ちょうど村の反対側の山の中腹に、ぽつんと山の家みたいな建物……実は佐伯の別荘なんやけど、それが建ってるのに気がついた。こらええ、こんな季節外れやし、管理人もおらへん、隠れ場所には持ってこいや、中には食料もあるに違いないと、そう思た。古川は集落を突っ切って別荘へ行き、錠を破って侵入したんです」

「すると総長は、別荘で古川が殺されたというんやな」

「そう考えるのが理屈に合《お》うてるのと違いますか。一月十九日以降、古川の姿を見た人間はどこにもいてません」

「古川殺しの犯人は誰や。佐伯か」

「そこまでは何ともよういいません。吉松が一枚嚙《か》んでたような気もします」

「その理由は」

「でないと、佐伯の別荘の写真を掲載した雑誌が吉松のアパートに送られて来たことについて説明がつきません」

「分かった。よう分かった」

深町は低く応じた。デスク上で組んだ手の指を伸ばしたり曲げたりしながら、何やらぶつぶつ呟《つぶや》いていたが、やがてゆっくり顔をもたげて、「明日、佐伯知久から事情を聴取する。こっちの手の内を見せるのも、やむをえん」

「それ、わしにやらせてもらえまっか」

「ああ。料理法は総長に任せる」

深町は首をコクンと鳴らしてそういった。

中央区安土《あづち》町、地下鉄御堂筋線の本町駅を出て、東へ少し歩いたところに森内《もりうち》ビルはあった。十二階建、敷地の四隅に直径約一・五メートルのコンクリートの円柱が立っていて、その円柱にステンレス外装の十一個の積木が吊《つ》り込まれたような構造になっている。一階は道路側の半分がピロティーで、そこを黒い磁器タイル敷きの車寄せにしている。繊維商社が多く、意匠を凝らした建物の建ち並ぶ安土町で、この森内ビルはひときわ異彩を放っている。

「こいつはひょっとして佐伯の設計やな」

高い天井、壁と床に黒い御影石《みかげいし》を貼ったエントランスホール、エレベーターのボタンを押して総長がいう。

「設計したついでに自分のオフィスをここへ移しよったんと違いますか」と、私。

「こんなビルを設計したら、いくらくらいもらえるんです」五十嵐が訊く。

「一千万や二千万ではきかんやろな」

「ぼく、建築家になったらよかった」

「それやったら、まず第一にすることがある」

「何です」

「前世に戻って、頭の中身を入れ替えてくるんや」

エレベーターのドアが開いた。

――十二階。ワンフロアをサオス建築設計事務所が使っている。受付の女性は先に立って、我々を所長室に案内してくれた。

佐伯知久は奥の窓際のデスクに坐《すわ》って、電話をしていた。頭を下げる私たち三人に対して礼を返すでもなく、無視したように話を続ける。少し待って、総長はソファに腰を下ろした。私と五十嵐も並んで坐る。

部屋はかなり広い。白い布クロスの壁、ベージュ色のカーペット、薄茶のブラインド、家具といえるものはデスクと応接セットの他に何もなく、壁に掛かる絵の一枚もない。その極端なまでの殺風景さに、建築家佐伯知久の自意識を強く感じる。
佐伯が受話器を置いたのは十分後だった。立ってこちらに来て、向い側のソファにさも疲れたように体を沈めた。ダークグレーのスーツにピンホールカラーのクレリックシャツ、濃い緑のペイズリー柄のネクタイを締めている。

「お忙しいとこをすんません。わしら、府警捜査一課の……」

総長がいいかけたところを、

「いや、挨拶《あいさつ》はけっこう」

佐伯は手で制して、「あなた方の顔は憶《おぼ》えてます。十五分、十五分だけ話を聞きましょう」

「分かりました。ほな、早速ですが、先生は竜王橋バラバラ事件の被害者である古川総次郎が、その最後の姿を川背で目撃されたことをご存知ですな」

「知ってます、新聞で」

「川背には先生の……」

「確かに、ぼくの別荘がある。そのこととバラバラ事件にどんな関係があるというんです」

「実は、先日、あるところから情報が入って、古川が先生の別荘に侵入したんやないかという疑いが生じたんです。……それで先生、最近、別荘へ行きはったことは」

「今年は一度も行ってませんね」

「ということは、別荘の状況を見てはらへんわけや。……いっぺん、ようすを見に行かなあきませんな」

「なぜです。どうしてそうしなきゃいけないんです」

「そやから、さっきもいうたように、古川が先生の別荘に……」

「その古川という男は羽曳野だか古市で、死体で発見されたんでしょう。ぼくの別荘とは何の関係もないじゃないですか」

「けど、我々は古川の足取りを調べないかんのです。それが刑事の仕事ですねん」

「つまり、あなた方はぼくの別荘を捜索したいってわけだ」

「はっきりいうて、そういうことです」

「いいでしょう、調べて下さい。あまり強く否定すると、かえって妙な誤解を受けてしまう」

「ほな、鍵《かぎ》を貸してもらえますか」

「鍵は貸さない。ぼくが立ち会う。それと、別荘に入るのはあなたがた三人だけだ」

「そら、ありがたい。先生の都合のええ日を教えて下さい」

「明日、二十三日の夜だな。それ以外はスケジュールが空いていない」

「どうも、ご迷惑かけます」

総長は腕の時計を見て、「あと、ひとつふたつ質問させて下さい」

「どうぞ、ご自由に。まだ十五分は経っていない」

「先生は大森組の坂口次長の案内で、北新地のクアトロいうクラブに行きはったことありますな」

「何度かは、ね」

「いつも席につくホステス、憶えてはりますか」

「池内彰子って娘でしょう。豊中のマンションで無理心中をしたそうですな。この間、姫路の現場で、あなたたちが帰ったあと、坂口さんから聞きましたよ。いや、驚きましたね。そういえば彼女、どこか暗い感じがしましたね」

「先生が見るに、次長と池内はどんな関係でした」

「そりゃあ、親密な関係でしょう。口に出して確かめたりはしないけど」

「坂口次長や池内が、殺された古川の名前を口に出したことはありましたか」

「記憶にはありませんね、そんなことは」

「つかぬことをおうかがいしますけど、四月十五日と十六日、先生はどこにいてはりました」

「それはどういう意味ですか」

「いや、ちょっと参考までに」

「ノーコメント。そういうプライベートなことまで答える必要はない」

「ほな、あとは当り障りのない雑談ということで」

総長はソファに深く坐り直した。「この事務所、何人くらいいるんです」

「ぼくを入れて十三人」

佐伯は脚を組んだ。

「秘書はいてますか」

「さっき受付にいた女性がそうですよ」

「十二人もの人間を抱えて、事務所を維持して行くのは大変でしょうな」

「それは、ここの家賃だけで、月に五十万は要りますからね」

「そら、おそろしい。……先生は図面を描いたりはせんのでしょ」

「プランニングだけ。あとはスタッフに任せます」

「こういう仕事は、人の移り替わりが多いと聞きましたけど」

「それが頭痛の種なんだ」

佐伯は口をへの字にした。「仕事を教えて、やっと一人前にしたかと思ったら、少しでも条件のいいところを探して、さっさと移ってしまう。後足《あとあし》で砂をかけるようなことを最近の連中は平気でしますよ」

「秘書の人、まだ二十歳ぐらいに見えたけど、ここは長いんですか」

「去年の四月に短大を卒業して入所しました。ああいう若い女性は向上心が皆無だから、いまだにミスが多いし、それに気がきかなくていけない」

いって、佐伯はスーツの内ポケットからベージュ色の革袋を取り出す。袋の中身はパイプだった。

「先生はパイプ党ですか」

「香りがいいんでね」

佐伯はパイプに葉を詰めて、火《ほ》口《くち》にマッチの火を入れた。青いけむりがたちのぼって、消毒液のような匂いがする。

「ロンドンのダンヒルから、プライベートブレンドの葉を送ってもらうんですよ。ダンヒルの顧客台帳には世界中の名士が登録されている」

「結構なご趣味ですな」

——と、そこへノック。秘書が顔をのぞかせた。

「所長、田中《たなか》さんがお見えになりました」

「ほな、わしらはこれで」

総長は両手を膝《ひざ》にあてて立ち上がった。

森内ビルを出た。アスファルトが疎《あら》い水玉模様になって、雨が降り始めている。

「久しぶりやな、え」

「たまには雨もよろしいわ」

「ミミズや蛙がケロケロと喜びよる」

「総長は佐伯のこと、どない思いました」

「クロやな。佐伯は古川にも池内にもつながってる」

「そう読むのは」

「よう考えてみい。竜王橋事件とアルカディア事件をつなぐ鍵は新聞記事の切り抜きと建築雑誌だけや。このことは未報道やし、捜査関係者以外は二つの事件が根でつながってることを知らん。まして、深町班がこの両方の捜査にあたってることなんぞ絶対に分からへん。……そやのに、佐伯のやつ、わしが別荘と池内のことを……つまり、別個の事件について事情を訊《き》いたのに、不審な顔をせんかった。穿鑿《せんさく》のひとつもせんかった。佐伯はクロ、まっクロや」

「そしたら、これからは」

五十嵐が訊いた。

「まず手始めは、佐伯のアリバイを洗うこっちゃな」

「どうやって洗います」

「それは五十嵐、おまえの仕事やがな」

「秘書や、秘書。向上心皆無やとかいうあの新米秘書をたぶらかすんや」

いって、総長はにやりと笑った。

「えっ……」

大森組大阪支店設計部に電話を入れて、坂口から話を聞いた。坂口はサオス建築設計事務所を辞めたスタッフを三人知っていて、うち一人は今、西区靭本町《うつぼほんまち》に小さな事務所を構えているという。私はその名前と住所、電話番号を控えて、電話を切った。

――靭公園競技場の南、岡崎橋《おかざきばし》交差点に面した四階建の古いビルの二階に大沢《おおさわ》建築設計事務所はあった。ノックしてドアを開くと、六畳ほどのスペースに机と製図台を置いて、二人の男が図面を引いていた。

すんません、大森組の坂口次長に紹介されて来ました――。年かさの男に名刺を差し出した。

大沢理夫《みちお》は私と総長を誘って事務所を出た。階段を下りて、ビルの一階の喫茶店に入る。狭い店内はほぼ満員で、奥のトイレの前に席をとった。

「どういうことでしょうか」

大沢はおしぼりで手を拭《ふ》きながら口を開いた。メタルフレームの眼鏡、こめかみから頬、あごにかけて濃い不精髭《ひげ》、刑事二人を前にして少し緊張した面持ちだ。

「実は、サオス建築設計事務所の佐伯所長について、ちょっと教えてほしいんです。大沢さんは以前、サオスにいてはったそうですな」

総長がいった。

「何だ、そういうことですか」

大沢は質問の対象が自分ではないと知って安心したらしかった。表情が和《なご》んで、

「なぜ、佐伯さんを」

「申しわけない、それは捜査上の秘密というやつです」

「羽曳野のバラバラ事件でしょう」

大沢は総長に顔を近づけて小さくいった。「川背には佐伯さんの別荘がある」

「ほう、ええ勘してはりますな」

「新聞は社会面から読むんですよ」

「我々が来たことは誰にも口外せんとって下さい」

総長は低くいって、「大沢さん、サオスには何年ほどいてはりました」

「五年ですね。辞めてからもう三年になります」

「事務所を維持するの、大変ですやろ」

「何とかやってます。たった二人だから」

「もうひとりの人は」

「図面を描いてもらってます。ぼくの大学の後輩です」

「失礼ですけど、大沢さんは」

「京大です。工学部建築科」

「へーえ、大したもんですな。佐伯氏は神戸工大ですやろ」

「学生のころは佐伯知久の建築が好きだったんです。斬新で強い求心性を感じました。それで、卒業後、サオスに入所しました」

「どないでした、サオスは」

「勉強になりましたね。五年間、みっちり鍛えられました」

「佐伯氏はいろいろ教えてくれるんですか」

「教えてはくれません。自分で考えろというのが佐伯さんの教育方針だから」

大沢は佐伯に好印象を持っていないようだ。佐伯先生といわずに、佐伯さんと軽く呼ぶ。学生のころは好きだった、といったのもその証拠だ。

「ほな、建物を設計する時、佐伯氏は」

「基本プランの説明をして、簡単なイメージスケッチを呈示するだけです。スタッフはそれを受けて、計画設計、基本設計、詳細設計と、討論を重ねながら、プランを具体化して行くわけです。もちろん、その都度、佐伯さんのチェックが入って、行きつ戻りつするわけですが」

「そういう実作業はみんなスタッフがするのに、建築家としての名前が上がるのは佐伯先生だけ。不満に思うたりはせんのですか」

「思わないといえば嘘になりますね。しかし、それがあたりまえだと思っているから、大して疑問には感じない。この業界は体質が古いんですよ」

「一種の徒弟制度みたいですな」私がいった。

「そう。まったくそのとおりです」

大沢は深くうなずいた。「ぼくがサオスでもらっていた給料、いくらだと思います」

「十四、五万ですか」

少なめにいってみた。大沢は笑いながら手を振って、

「甘い、甘い。そこから十をとって下さい」

「えっ、ほな、五万……」

「最初の二年間は五万円。あとは昇給して八万円になりました」

「けど、大沢さんは京大の建築科を……」

「出身校なんて関係ありません。サオスのような花形のアトリエ事務所は、いくらでも入所志望者がいます。無給でもいい、という連中もいる」

「しかし、食うていけませんがな」総長がいった。

「給料で食おうなんて、誰も考えちゃいません」

「わしには理解できませんな。どういう理由ですねん」

「あの優秀なサオス建築設計事務所のスタッフだった……それが履歴になるんですよ。建築家としての箔《はく》がつく。コンペに自分のプランを応募する場合でも、ただの大沢理夫より、サオスの大沢理夫の方が、よほどインパクトが強い」

――と、そこへコーヒーと紅茶が来た。

総長は紅茶にレモンを搾り入れ、濡《ぬ》れた指先を上着の裾《すそ》で拭きながら、

「何や、うすら寒い話ですな」

「スタッフは佐伯知久の名を利用しようとし、対する佐伯さんは安い労働力を得ようとする。お互いギブ・アンド・テイク。ドライといえばこれ以上ドライな関係もないでしょう。ぼくがこうして建築家の看板を掲げていられるのも、サオスにいたという実績があるからかもしれません」

大沢はコーヒーをブラックですすり、「ぼくがサオスに入所した時、佐伯さんはこういいました。一年間は誰にも会うな、友人はもちろん、親、兄弟とも話をするな、事務所で寝泊まりし、建築のことだけを考えろ、とこうです。さすがに実行はしなかったけど、朝は七時半に事務所へ出て、帰りはいつも十時、十一時。今思えば、よく続いたものですよ」

「それだけがんばったんやし、ずっとサオスにいてはったらよかったんと違いますか。

いずれはのれん分けみたいな形で独立を……」

「おっしゃるとおり、その考えもありました。しかし、ぼくはもう佐伯さんについて行けなくなったんです。建築に対する考え方の相違、作品の質、志の低さ、すべてが鼻について我慢しきれなくなりました」

「そういや、佐伯先生、相当に自己主張の強い人やと聞きましたわ」

「端的にいって、俗物ですね」

大沢は眉《まゆ》をひそめた。「彼は確かにやり手です。才能もあるし、バイタリティーもある。けれど、ぼくにいわせれば、彼のその特性は俗の裏返しなんです。自己を顕示し、名を高めるためには手段を選びません」

「それは、例えば……」

「これと狙ったコンペには徹底的な攻勢をかけます。コンペ審査員である発注者や建築大家に対する饗応《きょうおう》、政治家相手の裏工作など、目に余るものがありますね」

おもしろそうな話になってきた。犯罪がらみの臭いもする。

「五、六年前やったか、佐伯先生、粕谷市歴史文化会館の設計指名を受けたでしょ。あの時はどないでした」

水を向けると、大沢はよく訊《き》いてくれたといった表情で、

「そう、あれはサオス建築設計事務所の手がけた初めてのシンボル公共建築でした。

コンペに際して、佐伯さんの眼の色も変わってましたね」

「佐伯先生、どんなふうに動いたんですか」

「粕谷市が歴史文化会館を建てるという情報は、告示の半年前に市の建築課の係長から入ってきたんです。係長は、その設計が指名コンペであり、市が五つの設計事務所を指名して設計図書と模型を提出させ、その中から最優秀作を選ぶという選考形式であることを佐伯さんに伝えました。その時点で、サオスは指名予定の五つの中に入ってなかったんです」

「ほう、それで」

「佐伯さんはその日のうちに日亜《にちあ》建設の神戸支店長に会いました」

日亜建設は一部上場の大手ゼネコンだ。

「サオスが歴史文化会館の設計をしたら、その工事を日亜に受注させるという約束で、コンペに入賞すべく協力することを約束させたんです」

「なるほど、確かに対応が早い」

「日亜は民政党《みんせいとう》の宇佐美《うさみ》謙三《けんぞう》を動かしました」

「名前は聞いたことありますな」

「兵庫選出で、建設省OB。典型的な族議員です。宇佐美は粕谷市長に圧力をかけて、サオスを指名対象に加え、その結果、粕谷市歴史文化会館は六つの設計事務所による指名コンペになりました」

「そうやって、とりあえず指名権は得た。あとは実力の勝負ですか」

「そんなばかな」

大沢は手を振った。細い指先で眼鏡を押し上げ、「市はコンペの審査員を八人予定していました。顔ぶれは、助役と建築部長の他に、京大、阪大、神戸大、筑波大、早稲田大、日大の建築科教授だったんですが、宇佐美はここにも手を入れた。京大教授を外して、自分の息のかかった明工大教授を嵌《は》め込み、日大の代わりに神戸工大の教授を入れた。……と、以上の工作をし、仕上げとして、指名設計事務所に対する告示を大幅に遅らせた」

「それはどういう狙いです」

「告示以降、プラン提出までの設計作業期間を短くするんです。サオス以外の五つの事務所は計画を練り上げることができないし、かといって指名をキャンセルしたりすれば、評判を落としてしまう。結果的には適当な図面を提出してお茶を濁すと、そういう状況になってしまいます」

「まさに出来レースというわけや」

総長は紅茶を飲みほした。ゆっくりたばこを吸いつけて、「宇佐美には相当の金が流れたんでしょうな」

「そりゃあ、歴史文化会館の総工費は五十億を超えていましたからね」

「すると、工事も日亜がとったんですな」

私がいった。「けど、工事の受注は入札でしょ。サオスが口出ししたところで、すんなり日亜に決まるとは思えません」

「今さらいうのも何ですが、公共工事の入札はね、刑事さん、ほとんどすべて談合なんですよ。サオスがコンペに入賞した時点で、日亜建設の工事受注は既成の事実になったんです。粕谷市が指名コンペの形式を踏んだのだって、それはあとで突っつかれるのが嫌だから体裁を繕《つくろ》っただけで、極言すれば、設計なんてどこがやってもいい。建物のデザインの良し悪しや、機能性なんて、市民には分かりゃしません」

「何ともはや、率直なご意見ですな」

総長が応《こた》えた。「ということは、今回の広島芸術工科大学のコンペも、同じようなやり方で受賞したんですかね」

「それは何ともいえません。ぼくはもう部外者だから」

「なるほど……」

総長はたばこを揉《も》み消して、「いや、分かりました。えらい長い間、お仕事の邪魔をしてしまいました」

小さく頭を下げて、腰を浮かす。

「あ、刑事さん」

「何です」

「佐伯さん、ゲイだという噂があるのをご存知ですか」

「は……」

「本人は誰も気づいてないと思ってるんでしょうけど、この種の噂はじわじわと広がっていくものでしてね。実際、彼が新歌舞伎座裏あたりに出没しているのを何度か目撃されてもいるんです」

大阪ミナミの新歌舞伎座裏にはいわゆるゲイバーが多いと聞く。

「佐伯さんの自宅は谷町の高級マンションなんですが、そこを訪れた人間は誰ひとりいないんです。サオスを出たあとの彼の行動はまったく分からないし、自分のプライベートな生活はまったく口にしません。異常ともいえるほど神経質に隠そうとします」

「けど、佐伯氏は結婚してましたがな」

「たった二年で別れてるじゃないですか」

「本人を見てると、そんな感じはしませんで」

「外見じゃ判りませんよ。佐伯さんは神戸工大の山岳部だったんだけど、当時の部員だった人から話を聞いたこともあります。嘘かほんとか分からないけど、夜、テントの中で下半身に手が伸びて来たって、ね」

「しかし、それ、ほんまですかいな」

「知りあいの事務所のスタッフにも、それとなく誘われたのがいました。さすがに遠慮したみたいだけど」

「大沢さん、誘われたりは」

「サオスでは、そんな素振りは見せられないでしょう」

「芸術家にはそういう趣味の人が多いと聞きましたけど、やっぱりいてるんですな。へーえ、ゲイでっか……」

総長は感心したようにいい、「あの、佐伯先生が、ね」

伝票を摑《つか》んで立ち上がった。


雨はやんでいた。ビルの切れ間の西の空が赤い。

靭公園沿いを東へ歩いて、四《よ》つ橋《ばし》筋、阪神高速道路の高架を抜けて御堂筋に出た。延々と続く渋滞、六車線の道路は車で埋めつくされている。

信号を渡った。東へ少し行って、森内ビルの筋向いにある古めかしいオフィスビル。五十嵐は風防室のドア近くに立って外を見ていた。

「どうや、動きは」総長が訊いた。

「三時二十五分に、佐伯が外出しました。ひとりでベンツを運転して行きました」

「秘書はビルの中やな」

「まだ五時前やし、あと一時間や二時間は待たなあかんでしょ」

「よっしゃ、ちょいと休憩せい。立ちづめでしんどいやろ」

総長は五十嵐にいい、私に向かって、「ブン、交代や」

「な、何ですて」

「わしらはあこのレストランにおる」

森内ビルの隣のビルを指さした。「秘書が出て来たら、走って呼びに来い」

いうなり、五十嵐を従えてすたすたと出て行った。

「あーあ、あほくさ」

私は足許《あしもと》のマットを蹴《け》った。デザートブーツの甲はこびりついた埃《ほこり》でまだらになっている。

10

四月二十三日、午後六時、サオス建築設計事務所の佐伯知久を迎えに行った。車は最新型のクラウンを原田の親戚《しんせき》の会社役員から借りた。佐伯は事前に電話連絡をしてあったにもかかわらず、我々を三十分も待たせて、ようやく車に乗り込んで来た。ダークグレーの三つ揃いにベージュ色の綿コート、仏頂面でリアシートにふんぞり返っている。

阪神高速道路を豊中で降りて、名神《めいしん》高速道路に入った。車はそう多くなく、どれも百キロ近いスピードで飛ばしている。

二十分で京都南インター、一号線を北へ向かう。リアシートの佐伯と総長は口をきかず、隣の五十嵐は車載のＣＤデッキをいじっている。ヴィヴァルディだか何だかのクラシックは趣味に合わない。

堀川通りをまっすぐ北上した。市原を抜けて、静原川沿いを走る。ついこの間通った道だから、附近の情景にまだ新鮮な印象がある。私と五十嵐が別荘に忍び込んだことを知れば、佐伯はどんな顔をするだろう。

——きのうの午後七時すぎ、私たちは森内ビルを出て来た佐伯の秘書をつかまえて近くの喫茶店に誘った。彼女の名は伊村恭子《いむらきょうこ》、吹田から安土町に通っているといった。総長の問いに、恭子は素直に答えた。——四月十五日、佐伯は午後から事務所を留守にし、翌十六日は岡山県備前《びぜん》市の陶器会館を見学した。

総長は今年の初めから四月二十二日までの佐伯のスケジュール表を作ってくれるよう恭子に依頼し、佐伯の指紋と掌紋の付いていそうなもの——パイプたばこのパッケージが適当だろうということになった——を手に入れたいといった。恭子は探偵ごっこがおもしろいのか、あっさり了承し、竜王橋事件と佐伯との係わりについて次々と質問を浴びせた。その無邪気な好奇心をさすがの総長も持て余してしまい、答えにつまることが何度もあった。

私たちは恭子を本町駅まで送り、固く口止めして別れた——。

川背に着いたところで、佐伯を起こした。佐伯は不機嫌な声で、別荘の駐車場までクラウンを誘導した。

車外に出た。

「なかなかええとこですな」

総長は伸び上がって腰を叩《たた》きながら、「このあたりは、いわゆる別荘地ではないんでしょ」

「別れた女房の実家《さと》が上賀茂でね」

佐伯は低く答えて、歩きだす。五十嵐が携帯ライトを足許に向けた。

佐伯はキーを扉に差して、開けた。玄関の明かりを点《つ》けて、

「荒らされたようすはないね」

「ほんまですな」

五十嵐を外に残して、佐伯、総長、私の三人は靴を脱いで上がった。

リビングルーム。佐伯はエアコンのスイッチを押して、ソファに腰を下ろした。

「どうです。これでも古川とかいう男がここに侵入したと思いますか」

「どうやら目算違いかもしれませんな」

総長がいった。「食料品はどこに置いてます」

「キッチンですよ」

「調べてもよろしいか」と、私。

「どうぞご自由に」

声を背中に聞いて、私はリビングルームを出た。

台所、冷蔵庫を開けると、中のようすが少し変わったように感じた。この間は確か、扉の最上段のポケットに缶ビールがぎっしり詰まっていたはずだ。なのに、今は五本しか並んでいない。

私は台所を出た。トイレのドアを開けて照明を点けると、

「あっ……」

窓が施錠されていた。三日前の夜、ここから外へ出たというのに、だ――。

私はリビングルームに戻った。佐伯はソファにもたれてパイプたばこをくゆらしている。

総長は和室を調べているらしい。

「佐伯先生、今年はこの別荘へ来たん、初めてでしたね」

「それはきのうもいったでしょ。何度同じことを訊《き》いたら気が済むんだ」

「いや、冷蔵庫のハムやチーズが腐ってないから……」

「人はいなくても電源は入っている。常識でしょう」

「あ、そうですね」

私は納得した顔で、「ところで、納戸とか物置はどこですか」

「納戸も物置もなし。寝室の西側が作り付けの収納庫になっている」

この間は、その収納庫とやらを見落とした。一面が板貼りの壁に見えたのだ。

寝室に走った。期待と不安のなか、収納庫の五枚の扉を開け放つ。――炬燵《こたつ》はもちろん、ふとんの一枚もなかった。清風荘で発見した取付金具は、この別荘にあった電気炬燵を燃やしたものと考えてほぼ間違いない。

収納庫の扉を閉めた。寝室を出ようとして、ふとベッドの脇を見れば、ナイトテーブルの上に灰皿があった。楕円《だえん》形のガラスの灰皿、中にたばこの吸殻が数本ある。私は吸殻の一本を手にとった。

「これは……」

薄茶色のフィルターにＷｉｎｓｔｏｎ《ウィンストン》の文字。私は吸殻をハンカチに包んでポケットに収めた。

リビングルームに戻って佐伯に訊いた。

「先生は紙巻きたばこも吸いはるんですね」

「たばこ……」

佐伯は口許からパイプを離して、「なぜ、そんなことを」

「いや、寝室の灰皿に吸殻があったもんやから」

「たまには紙巻きも吸うよ」

「どっちが旨《うま》いですか」

「そりゃあ、もちろんパイプだけど、手入れが面倒だ」

「なるほど、そうですか……」

適当に相槌《あいづち》をうって佐伯のそばを離れた。和室に入って襖《ふすま》を閉める。

総長は腕を組み、床柱に背中をもたせかけて立っていた。半眼を閉じ、口をへの字にして、何やら考えているふうだ。

「炬燵、どこにもありません」小さくいった。

「そうか……」と、熱のこもらぬ答え。

「これ、見て下さい」

私はポケットからハンカチを出して広げた。

「何じゃい」

総長は覗《のぞ》き込んで、「ウインストンやないか。どこで見つけた」

「寝室です。佐伯は紙巻きたばこも吸うんです」

「それも、ウインストンを、な」

総長も二度、三度深くうなずいて、「こいつはええ。思わぬ収穫や」

「それと、佐伯のやつ、嘘をついてます」

私は冷蔵庫の缶ビールが減っていたことと、トイレの窓が施錠されていたことを伝え、「佐伯はきのうの三時二十五分、ベンツに乗って事務所を出てます。日暮れを待ってこの別荘に来よったに違いありません」

「お客さんをお迎えする前に、準備万端おさおさ怠りなくというこっちゃ」

「いっちょう締め上げてみたいですね。あいつの横柄な態度を見てたらむかします」

つい声が高くなる。総長はシッと指を立てて、

「それよりブン、この部屋を見て感じることないか」

「感じること……」

私は室内を眺めまわした。「別に何もないみたいですけど」

「鈍いな。足許《あしもと》を見てみい」

「靴下、穴あいてますわ」

「あほたん」

総長はあごをしゃくって、「畳や畳、まっさらやろ」

いわれて気づいた。畳が青々としている。匂いも強い。つい最近、替えたばかりなのだろう。

「佐伯に聞いたら、去年の十二月に表替えをしたというてた。たばこを落として焼け焦げを作ってしもたらしい。……しかし、この話、ちょいとおかしいとは思わんか」

「さあ、どこがおかしいんです」

「この別荘が建ったんは一昨年《おととし》の夏や。畳はほとんど傷《いた》んでへんし、焦げた一枚を替えたらええやないか」

「けど、それやったら、色が違いますがな」

「佐伯がいうには、年が明けてからこの四月まで、いっぺんも別荘には来てへん。誰も利用するあてがないのに、十二月のくそ寒い時にあわてて表替えすることない。春になってから替えた方が、畳は新しいし、気分ええやないか」

「それもそうですな。……けど、建築家はそんなこと考えへんのやないですか」

「何かもひとつしっくりせん」

総長は自慢の白髪を両手で後ろに撫《な》で上げた。「考えすぎて頭が痛いわい」

床柱にもたれたままズルズルと腰を落とし、ひとつ大欠伸《おおあくび》をした。


今夜は京都に泊まるという佐伯を祇園で降ろし、東大路《ひがしおおじ》通りを南に向かう。五条坂を越えた馬町《うままち》に旨い田舎料理の店があり、そこに案内すると、五十嵐がいった。

「ほんまの京都の惣菜《そうざい》料理いうのを文田さんに食べてもらいたいんですわ。毎日箸《はし》をつける惣菜ですら、いかに滋味豊かで奥深い味であるかを認識してもらいます」

「人間、腹が減ってたら、瓦《かわら》みたいなパンでもネズミの齧《かじ》ったチーズでも旨いんや。講釈は食うてからにしてもらおか」

――馬町の交差点を左に折れた。上り坂、小学校を過ぎたバス停の近くにその店はあった。五間《けん》間口の二階建、瓦屋根の垂木《たるき》が太い。杉の板壁と格子窓が上品に調和して、いかにも京都らしい小ぎれいな外観だ。

私は隣の駐車場にクラウンを駐《と》め、車外に降り立った。

「高そうやな、え。これでも惣菜屋かい」

「ひとり五千円もあったら足りるでしょ」

「勘定はおまえやな」

「それは……」五十嵐は総長を見る。

「割り勘や、割り勘」

いって、総長はのれんを分ける。

中に入った。長い白木のカウンター、十数人の客が坐《すわ》って空いた席はない。和服の女性の案内で、奥の座敷に腰を据えた。五十嵐が品書き片手に、あれこれ注文する。私は黙って茶をすすっていた。

総長は調理場の方に眼をやって、

「落ち着いたええ店やないか」

「帳場の後ろの簞笥《たんす》、黒田《くろだ》辰秋《たつあき》作です。棚に飾ってあるのは、河井《かわい》寛次郎《かんじろう》の皿、壺《つぼ》は近藤悠三《こんどうゆうぞう》の染付です」

「おまえ、この店の回し者かい」

私はムッとした。「簞笥が食えるんか、皿や壺が旨いんか」

「ものを食べる時は雰囲気も味わうべきです」

「その雰囲気代が勘定に入っとるんやぞ」

「ブン、うるさい。大阪の客は下品やと思われる」

総長に睨《にら》まれた。

注文の品が来た。漆の丸盆の上に、ご飯と、とろろ、卵、粕汁《かすじる》、ひじきの白和《しらあ》え、大根の煮物、おから、きんぴら、漬物。

「とろろは、つくね芋です。酒粕は伏見《ふしみ》、大根は淀《よど》大根、きんぴらは堀川ごぼう、漬物は壬生菜《みぶな》です」五十嵐が説明する。

「これだけで五千円か」

「あとでデザートが来ます」

「なるほど、京都人はグルメですな」

とろろに卵を割り入れてかき混ぜ、ご飯にかけた。ひと口すると、芋と出汁《だし》がとろりとからみあって、こいつは旨い。旨いが、顔には出さない。

「どないです」

「まあまあやな」

粕汁、ひじき、大根、どれも旨い。おからは粒が大きくて、サクッと煮上がっている。きんぴらは腰があって軟らかい。ただ黙々と食う——。

すべての鉢が空になった。盆が引かれて、デザートが置かれた。木の葉形の大皿に三つのパンケーキ。

「こら何や」

「酒の粕です。こんがりあぶってから、砂糖をはさんで二つ折りにしたんです」

「どうも気持ちわるいな」

いいつつ、つまんで、ひとかじりした。ほくほくの舌ざわり、酒の芳醇《ほうじゅん》な香りが砂糖の甘さを抑えて意外にあっさりした味。

「これは酒粕のあぶり方にこつがあるんですわ。外側は水気を抜いてカリッと仕上げ、中はねっとりと軟らかい。……炭火で、十分も二十分もあぶるんです」

「あぶる……」

ふいに総長がいった。「十分も二十分もあぶるんかい」

「ええ。……そう聞きましたけど」

「ほな、一日も二日もあぶってたら、カリカリになるやないか」

「はあ……」

「そうか、そういうことか」

「総長、どないしはったんです」と、私。

「いや、分かった。そうに違いない」

総長は両手のこぶしをテーブルに押しつけて、背をまっすぐに伸ばした。「わしら、肝腎《かんじん》なところで、どえらい勘違いをしてたんかもしれんぞ。炬燵《こたつ》と畳、これで解釈がつくやないか」

「炬燵、畳？　佐伯の別荘ですか」

「そう、佐伯の別荘や」

「どういうことです」

「古川総次郎はな、やっぱり佐伯の別荘で死んだんや。和室の畳の上で息を引き取ったんや」

「…………」

「古川の死体はかなりの長い間、炬燵に脚を入れた状態で放置された。そのため、足はヒーターにあぶられて水分を失い、ミイラ化する。腹から上は腐敗する。……つまり、死体はバラバラにされたあとで異なる環境に置かれたのではなく、それが一個の死体であった時に、すでに下半身はミイラ、上半身は腐敗と、そういう変わりようをしてたんや」

「首と脚をつなぐ胴体がないから、そんな読み違いをしてしもたんですね」

私がいった。「佐伯が畳を替えたんは、死体の血や腐敗液が染み込んだからや」

「たばこの焼け焦げいうのも怪しい。表替えをしたんは去年の十二月やのうて、古川が消息を絶った今年の一月十八日以降やろ。腐汁はふとんと炬燵にも付着した。そやから、佐伯はそれを処分したんや」

「裏のごみ焼却炉を利用しよったんですね」

五十嵐がいった。彼は遺留品を発見すべく、別荘の周辺を捜索していた。

「焼却炉の中は空っぽでした。燃え滓《かす》はおろか、灰のひとつまみもなかったです」

「きれいきれいにお掃除しはったんや。あの佐伯知久氏が、な」

「ついでに、古川の胴体も燃やしたとは考えられませんか」と、私。

「そいつは強引すぎるな。死体を焼くには、あの焼却炉は小さすぎる。臭いは強烈やし、煙もすごい。それに第一、燃えやすい脚を捨てて、いちばん燃えにくい胴体を焼くというのが理屈に合わん」

総長は酒粕を手にとって、ひと口かじり、「さて、これからもうひと仕事や」

「また別荘に戻るんですな」

「そう。古川の死体がバラバラにされた現場はあの別荘や。風呂場《ふろば》で解体されたに違いないし、洗い場や排水管を調べたら必ず人血反応がある。管の中の泥を浚《さろ》うて鑑識に持って帰るんや」

「ひょっとしたら、古川の髪の毛とか臓器の一部を発見できるかもしれませんね」五十嵐がいった。

「けど総長、わし、サンタクロースは二度とごめんでっせ」

私は牽制《けんせい》した。「この間の煤《すす》シャツとズボン、捨てましたがな」

「その心配はせんでもええ」

総長はにやりとした。「こういうこともあるかと思て、和室の窓の錠を外しといた。内側に障子があるから、佐伯も気がつかんかった」

「さすが総長、抜かりがおませんな。見直しました。尊敬します」

「何や、そのとってつけたような誉め言葉といやらしい眼つき。何ぞ企《たくら》んどるな」

「分かりますか」

「分からいでか。ここは割り勘やぞ」

いって、総長は残りの酒粕を一気にほおばった。「あ、熱《あ》つ。熱いやないか」


――翌、四月二十四日、午後。

我々の持ち帰ったウインストンの吸殻、及び風呂場の排水管内の湯垢と汚泥の検査結果が出た。吸殻に付着していた唾液《だえき》の血液型はO、ハイム・アルカディア七〇三号室で発見されたものと同じだった。

次いで、湯垢《ゆあか》と汚泥についてベンチジン反応、フェノールフタリン反応、ルミノール反応など、血痕《けっこん》の予備試験はすべて陰性であり、人血は検出されなかった。朝から鑑識に詰めて検査を見守っていた我々の落胆は大きく、とりわけ総長は椅子に坐《すわ》り込んでしばらく口をきかなかった。

――そして、夕方。古市署の川島から帳場に警電が入った。

佐伯知久の別荘の畳を替えた畳店が判明したという。岩倉中町の花井《はない》畳店、訊《き》き込みにあたっていた古市署の所轄捜査員がこれをつきとめた。

店主の花井によれば、二月十二日の朝、佐伯と名乗る男から、畳を替えるよう注文の電話が入り、午後五時すぎに川背の別荘へ来てくれということだった。花井は注文を受け、別荘の住所と場所を聞いて電話を切った。

午後五時二十分、トラックで川背へ行くと、駐車場にはベンツが駐《と》められていた。そこから別荘までは百メートル近く歩かねばならず、これは面倒な仕事を引き受けたと、花井は後悔した。

別荘には四十半ばの身だしなみのいい男――佐伯と名乗った――がいて、花井を十畳の和室に案内した。部屋は強い糞尿《ふんにょう》の臭いがして、真ん中の畳が一枚、薄茶色に汚れていた。

うちのおじいちゃんが失禁しましてね、佐伯はそう話し、汚れた畳は床《とこ》ごと替えるよういった。花井が見積りをすると、佐伯はその場で代金の全額を支払い、十六日の午後八時に来てくれといった。花井は十枚の畳を上げて、一枚ずつトラックに運んだ。そして、指定された十六日に、表替えの完了した畳を持ち込み、和室に敷いた。汚物の染みついた畳は業者に渡して焼却した――。

「くそったれ、佐伯のやつ、やっぱり嘘をついてましたがな。おじいが失禁やて、どんな顔していいよったんや」

　豊中北署の帳場、原田がいった。

「汚れた畳を焼いてしもたというのが痛いな」深町が応じる。

「佐伯を呼びまひょ。事実を突きつけて釈明させるんです」

「事実て、いったい何や」

「佐伯が嘘をついたという事実です。佐伯は去年の十二月に畳を替えたといいました」

「そんなもん、単なる勘違いで、チョンや。佐伯は簡単に落ちるタマやないで」

「わし、別荘附近の雑木林を捜索すべきやと思います」

　私が発言した。「古川の死体がバラバラにされた現場は山の中です。そやから、人員を揃えて捜索したら、必ずその痕跡《こんせき》が見つかるはずです。そこには古川の胴体と手が埋められてるかもしれません」

「ブンはそうやって安易にいうけど、あの山の南面は大部分が佐伯の所有なんやぞ。私有地の捜索をするには正式な令状が要る」

「地裁にかけおうて捜索令状をとって下さい」

「容疑事実は」

「古川総次郎の死体損壊および遺棄容疑です」

「あかん。推測と状況証拠だけや」

「班長はいつまで佐伯を泳がしとくつもりです」

「よう考えてみい」

深町は顔を上げた。「今、佐伯をどうこうしたところで、あいつをうたわせるだけの材料は揃てへん。突きつけることのできるネタは古川の一件だけや。……何で炬燵の金具を吉松が所持してたんか、何で池内の部屋に雑誌があったんか、何で清風荘に盗《ぬす》っ人《と》が入ったんか。つまるところ、佐伯知久とアルカディア事件との関連について、確かなことは何ひとつ判ってへんやないか」

「しかし、池内の部屋にはウィンストンの吸殻が……」

「吸殻イコール佐伯やと、どないして証明する。日本人の三人に一人はＯ型なんやぞ」

「……」

「今はとにかく、あせったらあかん。佐伯を引くのはいつでもできる。あいつが泳いでられるのは、わしらの設《しつら》えた水槽の中だけや」

「ちょっとよろしいか」

今まで静かだった総長が口を開いた。「佐伯とアルカディアのつながりを確認する意味で、全体の流れを整理しときたいんですけどね」

「ええやろ」深町は同意して、「五十嵐、黒板や」

「はい」五十嵐は衝立《ついたて》の向こうから移動式の黒板を引っ張って来た。

原田が立ち上がって、チョークを持つ。

深町は広げたファイルに眼を落とした。

「十月三十日、別荘にて――」

佐伯の行動は、サオス建築設計事務所の秘書、伊村恭子から得た情報により、かなり詳しく把握されている。

▼10・30 別荘の写真撮影立ち会い。
▼1・18 建築士学会のため、東京出張中。帝国ホテルに宿泊。(古川総次郎、京極記念病院を出る)
▼1・20 午後、帰阪。事務所にて仕事。
▼1・21~27 出社。広島芸工大の指名コンペ向け詳細設計。
▼1・28 出張。名古屋市栄《さかえ》に完成したインテリジェントビルを見学。
▼1・29 休日。
▼1・30~2・4 出社。広島芸工大の詳細設計、模型作成。
▼2・5 休日。
▼2・6~11 出社。
▼2・12 休日。(夕方、別荘にて畳の表替えの立ち会い)

▼2・13〜15 出社。

▼2・16 午後、外出（用件不明）。帰社せず。（午後八時、別荘にて表替えの立ち会い）

▼2・17〜4・8 略。

▼4・9 阪奈《はんな》大学で講義。

▼4・10 出社。（早朝、羽曳野市古市竜王橋工事現場にて、古川総次郎のバラバラ死体発見）

▼4・11 午後、外出（用件不明）

▼4・12〜14 出社。

▼4・15 午後、外出（用件不明）。帰社せず。（夜、豊中市上新田の賃貸マンション、アルカディアにて、吉松慎哉、死亡）

▼4・16 出社せず。岡山県備前市の陶器会館を見学。（㋑午前二時十五分、アルカディアにて、池内彰子、死亡。㋺未明、福島区玉川の清風荘に侵入盗あり。㋩夕方、野田駅近くのコンビニエンスストアにて、高校生が吉松慎哉のネガと写真を受け取る）

▼4・17〜21 出社。

▼4・22 出社。総田、文田、五十嵐による事情聴取を受けたあと、午後三時二十

五分、外出。帰社せず。

▼4・23　午後六時三十分、外出。別荘の捜索立ち会い。

「――と、こんな具合になるわけや」

深町は、原田が書き終えるのを待って、いう。「佐伯の普段の時間割は、朝の九時に事務所へ顔を出して、夜の八時ごろ帰宅する。日中は来客の応対やら打ち合わせ、現場の視察やらで、ほとんど分刻みのスケジュールになってる。夜は仕事上のつきあいとか接待以外に、スタッフを連れて食事をしたり、飲みに行ったりすることはまったくない。佐伯、谷町のマンションにひとり住まいやし、プライベートな生活と行動については何も分かってへん。秘書が自宅に電話をしても、いつも留守番電話になってるそうや」

「佐伯の結婚生活、どないでした」吉永がいった。

「三十二の時に結婚して、二年後に協議離婚してる。よめはんは上賀茂の大きな佃煮《つくだに》屋の娘で、この実家の資産をめあてに、佐伯は結婚したという噂や。実際、佐伯は佃煮屋のおやじの金で、伏見に自宅を建てたんやが、これがえらい評価を受けて、それ以来、佐伯の建築が注目されるようになったということっちゃ」

建築家の自邸というのは、いわば純粋作品である。施主の意向や注文に煩わされることなく、自分の思い入れを百パーセント具現化することができる。自由な発想、前衛的な試み、あらゆる表現が可能だ。自邸すなわち出世作であり代表作だという建築家の例はかなり多いと聞く。

「佐伯の離婚の原因やけど、こいつはどうも、よめはんの浮気らしい。佐伯は伏見の邸《やしき》をよめはんに明け渡して、代わりに川背の土地を義父《おやじ》からもろたんや」

「そのよめはんの浮気、無理もおませんな」

原田がいった。「佐伯のやつ、両刀使いですかね」

「かもしれん」

深町は興味なさそうにいい、黒板を指さして、「この日程表を見て、気がついたことというてくれ」

「佐伯、分刻みのスケジュールのくせに、時々、用件不明の外出や大して重要でもない出張をしてますわ」

総長がいった。「いちばん気になるのは、四月十五日の外出と、十六日の陶器会館見学です。十六日の見学は嘘やないかと秘書の伊村はいうてました」

「どういうことです」吉永が訊《き》いた。

「佐伯、建築施設の見学には、いつもカメラを持って行くんや。ほいで、参考になりそうな仕上げなんかを撮影して帰るんやけど、この時に限って何も撮っとらへん」

「伊村、まるでスパイですね」

「佐伯が嫌いなんや。生理的に虫が好かんというてた。スタッフのひとりとつきおうてて、それでサオスを辞めへんらしい」

　総長はそこで言葉を切り、黒板に眼をやって、「伊村がいうには、その一月二十八日の名古屋出張も怪しいそうや。本来の予定では、その日は代議士の宇佐美謙三を川背の別荘に招待することになってたんやが、結局は取りやめ。この予定変更は三十日の電話で伊村に事後報告された」

「すると、一月二十九日の休みというのも臭いな」原田がいった。

「いずれにしても、事件の発生日と佐伯の行動不明の日が妙に一致するのは、単なる偶然の一致では片付けられませんで。……この行動不明日を軸にして、今まで捜査線上に名前のあがった人間に対する訊き込みを徹底するんです。必ず、どこぞに佐伯との接点があるはずです」

「よっしゃ、分かった」

　深町は討論を締めくくるようにひときわ大きな声で応じ、「その名前のあがった人間をもういっぺんリストアップしてみよ」

　デスクの抽斗《ひきだし》を開けて、中から厚いファイルを抜き出した。

大阪駅から地下街を歩いて堂島《どうじま》、日興《にっこう》新聞社に着いた。左裏の通用口から社内に入り、受付で政治部の山上辰夫《やまがみたつお》を呼んでもらう。山上と総長は二人がまだ独身のころ、吹田の同じアパートに住んでいたという。

山上が一階に降りて来た。濃い眉《まゆ》、眼尻《まなじり》の下がった柔和な顔、大柄のチェックのツイードジャケットを着て、総長より五歳は若く見える。

「久しぶりやな、え。何の気まぐれや」

「ちょっと頼みごとがあってな」総長はいう。

「頼みごとがないと、遠い堂島までは出て来れんか」

山上は笑いながら、「こちらさんは」

「わしの同僚や。文田浩和」

「ほな、伶ちゃんの婚約者かいな」

「お世話になります」

私は手を揃えて、頭を下げた。

「こちらこそ、よろしく」

山上も挨拶《あいさつ》を返して、総長に、「そろそろ八時や。一杯やるか」

「すまんな、またにしてくれ」

「そうか。……で、頼みというのは」

「民政党の宇佐美謙三を知ってるな」

「知ってる。そろそろ閣僚や」

「宇佐美の一月二十日から三十日のスケジュール、それと四月十五日から十七日のスケジュールを調べてくれへんかな。デカが事務所に顔を出すんは、何かと差し障りがあるんや」

「一課の脩ちゃんが議員を洗う……汚職がらみではなさそうやな」

汚職、選挙違反、企業犯罪、詐欺事件などは捜査二課の管轄だ。

「わるいけど、事情はいえんのや」

「分かった。十分……いや、十五分待ってくれ」

いって、山上は階段を上って行き、二十分後に戻って来た。二つ折りにした薄茶色の紙片を総長に手渡して、

「また暇があったら寄ってくれ」

「この事件《ヤマ》が片付いたらな」

外へ出た。芽のふき始めたポプラ並木の歩道を並んで歩きながら、総長は紙片を開く。右上がりの癖字、太いサインペンで宇佐美のスケジュールが書かれている。——一月二十八日、宇佐美謙三は選挙区の兵庫県加古川《かこがわ》へ行き、東京に帰る途中、京都に立ち寄っている。京都立ち寄りの目的と詳しい行動は分からない。

「ブン、帳場へ連絡せい」
「何をいうんです」
「総田と文田は明日の朝いちばん、加古川へ出張するんや」

11

中央区谷町四丁目、中央大通りと谷町筋の交差点を南へ二百メートルほど下り、一方通行の道路を一筋西へ入ったところに銅座《どうざ》アパートはあった。市中部には珍しい手入れの行き届いた芝生の前庭、広い敷地の中央に配された瀟洒《しょうしゃ》な五階建のビルは、外壁は煉瓦《れんが》、切妻《きりづま》風の屋根と庇《ひさし》を緑の銅板で葺《ふ》いた和洋折衷のデザインだった。

「家賃、十万や二十万ではきかんみたいやな」

「とてもやないが、住めませんわ」

四月二十六日、午前七時、総長と私、五十嵐の三人はアパート内に入った。

「いよいよ宣戦布告ですね」

「まあ、な」

「爆弾は」

「ある。この頭の中に、な」

三一〇号室、《佐伯知久》の表札を確認して、総長がインターホンのボタンを押す。

「府警の総田です」

腰を屈《かが》めてそういうと、少し待ってドアが開いた。

佐伯は起きたばかりなのだろう、パジャマの上に白いガウンをはおっていた。

「いったい何ごとだ、こんな早くから」

「えらいすんません。不躾《ぶしつけ》は重々承知の上で、どないしても確かめたいことがあるんです」

「しかるべきアポイントをとって事務所へ来ればいい」

「事務所で話をするには少々差し障りがあると思いまして」

「どういうことだ」

「実は、先生のスケジュールに関することなんですわ。一月二十八日、先生は名古屋のインテリジェントビルを見学しはったそうですけど、その日……」

「待ちなさい。誰からそんなことを聞いたんだ」

「それは、ここではちょっと……」

「分かった」

佐伯は舌打ちして、「廊下に突っ立ってられちゃアパートのみなさんに迷惑だ」

ドアを大きく開いて、私たちを室内に招じ入れた。

三一〇号室の中央は二十畳のリビングルームだった。左にダイニングキッチン、右に寝室、正面のガラス戸の向こうは煉瓦敷きのバルコニーになっている。部屋のそこここに観葉植物の鉢植えが置かれて、温室に足を踏み入れたような湿っぽい緑と土の匂いがする。

佐伯は我々をダイニングルームへ案内した。テーブルの上にはオーブントースターとコーヒーポット、フランスパン、サラミソーセージ、チーズ、サラダ、ゆで卵、野菜ジュース。

「ごちそうですね」

話しかけたが返事をしない。

総長と私はダイニングチェアを引いて坐《すわ》った。五十嵐は後ろに立っている。

佐伯は薄くスライスしたパンの上にチーズをのせ、野菜とサラミを並べてトースターに入れた。コーヒーをひと口すすって、

「警告しておく。今後、もう一度こんな非常識な訪問があれば、ぼくは君たちを告訴する。無作法と横暴は看過しない」

「ま、そこのとこはお手柔かに」

総長はひょいと頭を下げて、「ほんの十分か二十分、質問に答えて下さい」

「その前に、さっきの名古屋出張の件は誰から聞いたんだ」

「あるゼネコンの設計課長とだけいうときます。一月二十八日、サオスに電話したら、そんな答えが返って来たそうですわ」

「日亜建設の藤井《ふじい》君だろう」

「ご想像にお任せします。……それで先生、名古屋で誰かに会いはりましたか」

「分からないね。思い出せない」

「先生は民政党の宇佐美謙三をご存知ですね」

「…………」

　佐伯の顔がわずかに上気した。総長から視線を逸《そ》らして、オーブントースターの扉を開け、中からピザトーストを取り出して皿の上に置いた。

「宇佐美先生にはパーティーでお会いしたことがある。名刺の交換くらいはしたかもしれない」

「わしら、その宇佐美先生のスケジュールを調べてみたんですわ。一月二十八日の朝、先生は飛行機で東京から選挙区の加古川に帰って、地元の後援者と会食。午後四時に新幹線で京都に向かってます。京都駅には、別の後援者が迎えに来たらしいんやけど、不思議なことにその名前が分からん。代議士ともあろう人間が誰と会《お》うたか分からん上に、その後の数時間の行動がスケジュール表に残ってへんのです。……で、結局、宇佐美先生は午後八時の新幹線に乗って、東京へ帰ったんですけど、この空白の数時間に捜査本部は重大な関心を寄せてると、そういうわけですねん」

　きのう、総長と私は加古川の後援者、箕田《みのだ》雄吉《ゆうきち》から事情を聴取した。——宇佐美謙三は後援会に秘書を一人同行させていた。午後三時、懇親会が終ったあと、宇佐美は秘書と箕田を同道して、明石《あかし》から新幹線に乗った。宇佐美は京都駅で新幹線を降り、秘書と箕田はそのまま東京へ向かった。宇佐美は終始上機嫌で、今日はひと月ぶりの骨休めだといい、東京へは翌二十九日の午後に帰ると話していた。

「君は何がいいたいんだ。その京都の後援者がこのぼくだとでもいうのか」

佐伯の口許《くちもと》が小刻みに震えている。

「宇佐美先生は加古川の後援者にこういうたそうです。……建築家の別荘で静養だ、とね」

「…………」

「どないです、この話。何ぞご感想は」

「ばかばかしい。絵空事だ」

「まだありまっせ」

総長は浅く坐り直して背筋を伸ばした。「こいつは偶然かもしらんけど、その一月二十八日から二月一日まで、アルカディア事件で死亡した池内彰子がクアトロを欠勤してます。そして、二月二日以降、店に出るようになってからも、ぼんやり黙り込んだり、酔いつぶれたり、同僚のマンションを泊まり歩いたり、明らかにようすがおかしかった。……これはどういうことでっしゃろ」

「ぼくに何をいわせたいんだ、え」

「はっきりいいまひょ」

総長は佐伯の顔に視線を据えた。「佐伯先生、おたくの行動不明は一月二十八日だけやない。調べたところでは、四月十六日の岡山出張も裏が取れてへんのです。……備前市の陶器会館を訪れたという証明、できますか」

「ぼくは行ったよ。岡山に行ったんだ」

「先生には四月十五日の午後から十七日の朝までアリバイがない。ほんまはどこで何をしてはったんです」

「君に宣言しよう。たった今からぼくは黙秘する。君の弄《ろう》した言辞は一言一句、弁護士に報告する」

「ほな、トーストでも食いながら、わしの独り言を聞いてて下さい」

総長はテーブルに片肘《かたひじ》をついて話し始めた。「池内彰子は同僚ホステスに、一月二十八日、店には内緒でアルバイトをするというてました。その内容と報酬は分からんけど、わざわざ店を休んでするからには、十万や二十万の稼ぎにはなったと思います。で、たった一日の欠勤であったはずが、五日間も休んでしもた。この奇妙なバイトはつまり、一月二十八日の宇佐美謙三の行動に関連するんやないかと、我々は考えとるんです。……佐伯先生、おたくは宇佐美と池内の両方に面識がある。そやし、この二人がおたくを仲立ちにして、川背の別荘で顔を合わせたという推察は決して無理なもんやない。……ここで池内彰子は見たらあかんことを、あるいは知ったらあかんことを見聞してしまい、そのために、以来、ある種、怯《おび》えともとれるような言動をとるようになったんですわ」

彰子がそうなった原因は古川総次郎事件だった。彰子は古川の死亡（殺害）場面に遭遇したか、死体を目撃したに違いない。そう考えれば、彰子の部屋の下駄箱に竜王橋事件の切り抜き記事と建築雑誌が隠されていた事実に対する説明がつく。清風荘に住宅雑誌が送られてきた理由も首肯できる。

「そんなわけで、池内は悩んだあげく、その悩みの原因を吉松に打ち明けた。聞いた吉松は、こら大変やというわけで、方策を練った。……この方策というのが、池内のためにやったことか、自己の利益のためにやったことかは、佐伯先生、おたくがいちばんよう知ってはるはずでっせ」

佐伯は半眼を閉じ、口を固く結んで身動《みじろ》ぎもしない。

「……と、こんな具合に事態は推移してきたんやけど、四月十日になって状況が一変する。古川のバラバラ死体が発見されたんです。このため、佐伯先生は抜き差しならん状態に追い込まれ、ついに池内と吉松の口をふさぐことを決心したと、そういうわけですわ」

総長、何をいいだすんです——危うく口に出しそうになった。こんな説は初めて聞く。池内と吉松は佐伯に殺されたというのか。

——と、突然、テーブル上の皿が薙《な》ぎ払われた。佐伯は顔を紅潮させ、肩を大きく震わせている。言葉は発しない。

「どないしました。静かにわしの独り言を聞くはずやなかったんですか」

総長は平然としていう。佐伯は赤く血走った眼でじっと総長を睨《にら》みつけ、やがて、ふっと笑って、

「続けなさい。ぼくにも興味がある」

「その前に、コーヒーを一杯いただけませんかな」

「いいだろう」

佐伯は立ち上がってダイニングボードからカップを一客出し、総長の前に置いてポットのコーヒーを注いだ。

「すんませんな、あと二人分お願いします」

佐伯は私と五十嵐にもコーヒーを差し出して、坐った。総長はブラックでひとすすりして、

「なかなか結構な味ですな」

「井戸水なんだ。週に三回、酒屋が届けてくれる」

「なるほど、贅沢《ぜいたく》なコーヒーや。たばこ、吸うてもよろしいか」

「灰皿は向こう」

佐伯はリビングルームのテーブルを指さし、五十嵐が走ってクリスタルガラスの灰皿を持って来た。中に三本の吸殻——ウインストンだった。

総長はセブンスターを吸いつけて、

「ところで先生、血液型はOでしたな」

「なぜそんなことを訊《き》くんだ」

「O型には芸術家が多いと聞きましたから」

「私は確かにO型だ。しかしあんなものは俗説だ。何の根拠もない」

「話のタネにはなりまっせ」

「そんなことはどうだっていい。話の続きを聞こうか」

「話の続き？　わしの独り言はもうおしまいでっせ」

「な、何だと」

佐伯は叫んだ。「じゃ、さっきの話は何なんだ。このおれが池内と吉松の口をふさぐことを決心したといったじゃないか」

「というような状況やったらおもしろいなと思ただけですがな」

「くっ……」

佐伯はもう何もいわなかった。感情の失《う》せた眼を総長に向けて小さく手を振り、総長はたばこを揉《も》み消してゆっくり立ち上がった。

「さすが総長、迫力ありますね。佐伯のやつ、頭に血が上って倒れそうでしたわ」

銅座アパートを出るなり、五十嵐がいった。

「ちょいと刺激が過ぎたか」

総長はさもおかしそうに笑う。

「しかし、あんなに喋《しゃべ》ってもええんですか」

「別条ない。佐伯が今さら擬装工作できるようなことでもないし、証拠湮滅《いんめつ》をはかれるもんでもない。下手に動いたら墓穴を掘るだけやし、それに佐伯が泡食うて飛びよったりしたら、願ったりかなったりや」

「宇佐美謙三を京都駅に迎えに来たん、佐伯ですね」

「そう、あの白いベンツでな。たぶん、車内には池内もおったんやろ」

「何で分かるんです」

「鈍いな。宇佐美は何のために秘書や後援者と別れたんや」

「あ、そうか。女があてなんや。佐伯は宇佐美の接待役として彰子を雇うたんや」

五十嵐は手を打ってそういい、ふと真顔になって、「佐伯が宇佐美を接待した目的は」

「広島芸工大や」

私がいった。「一月の下旬いうたら、広島芸工大の設計コンペが最終審査に入ったころや。ここでもう一発注射を打って、宇佐美を走らせるつもりやったんやろ」

「ところが、ここで思いもかけんトラブルが発生した」

総長がいった。「佐伯、池内、宇佐美の三人が別荘に着いた時、そこには古川総次郎がおったんや」

――古川は一月十八日に京極記念病院を出て以来、佐伯の別荘に身を潜めていた。別荘は古川にとって天国だった。衣食住すべてが充足できた。古川はここで寝起きし、冷蔵庫の食料を食べ、ホームバーの酒を飲みながら、ほとぼりがさめるのを待っていたのだろう。

と、そこへ二人の男と一人の女が現れた。古川は彼らと争い、殺された。宇佐美はあわてふためいて東京へ逃げ帰った――。

「ということは、古川殺しの犯人、宇佐美謙三である可能性もあるんですね」と、五十嵐。

「可能性はあるけど、弱いな。別荘に侵入されて被害をこうむったんは佐伯やし、カッとして古川に手をかけたとみるのが自然やろ。いずれにしても佐伯と宇佐美は一蓮《いちれん》托生《たくしょう》や。佐伯はともかく、宇佐美を引くとなったら、こっちの首を懸けないかん。この事件《ヤマ》には物証といえるもんがひとつもないし、肝腎《かんじん》の証人となるべき池内彰子と吉松慎哉も今は仏さんや。じっくり腰を据えてかからんと取り返しのつかんことになる」

話に夢中になっているうちに、いつしか上町《うえまち》筋へ差しかかっていた。ここを北へ五分歩くと府警本部、本来の私の職場である。捜査一課の大部屋には眼をつむっていてもたどりつける。

私は立ち止まって、

「美原屋《みはらや》で豚汁でも食いますか」

府庁別館近くの大衆食堂だ。毎日、朝七時からやっている。

「わしゃ、豆腐の味噌汁《みそしる》や」

また歩き始めた。

「総長、佐伯が池内と吉松の口封じを決意したとかいわはりましたな。わし、びっくりしましたで」

「びっくりせんでもええ。池内彰子と吉松慎哉は佐伯に殺されたんや。ウインストンの吸殻を見た時、わしはそのことを確信した。あの八時半の客は佐伯知久や」

「けど、ハイム・アルカディアの七〇三号室は密室でした。鍵《かぎ》はともかく、ドアチェーンまではかけられません。池内彰子は自分の意志で首を吊《つ》ったんです」

「ブンは頭が固い。密室イコール自殺やという固定観念に振りまわされてる」

「けど、総長……」

「よう考えてみい。池内は何で首を吊ったんや。ご丁寧にロープを用意して、それを首に巻いたり、ベランダの手《て》摺《すり》に括《くく》りつけたり、そんな七面倒くさい細工するより、あっさり青酸カリを服《の》んだ方がずっと簡単やないか。三面鏡の抽斗《ひきだし》の中には致死量の何倍もの量の青酸カリが残ってたし、その出処とナイロンロープの購入先はいまだに特定できてへん。こいつはつまり、そのロープと青酸が池内彰子でない他の人物によって購入され、七〇三号室に持ち込まれたという証《あか》しでもあるんや」

「服毒死は絶命するまでに時間がかかります。血へどを吐き、喉《のど》をかきむしって苦しむより、瞬間的に死ぬ方法を池内は選んだんです」

――人が首を吊って死ぬのは気道が閉塞《へいそく》されるからではなく、頸部《けいぶ》の動脈が圧迫されて脳への血行が停止するためである。意識はすぐになくなるし、痙攣《けいれん》はしても当人に苦痛はない。池内の場合、七階から四階まで落下したため、体重に落下速度が加わって頸髄《けいずい》離断まで生じていた。飛び降りてロープが張りつめた瞬間に死亡したのだ。

「池内は女や。大小便垂れ流してビルの外にぶら下がるより、部屋の中でひっそり死にたいやないか」

「嘔吐《おうと》物にまみれて死ぬのも、あんまりぞっとしませんで」

「池内には自殺の動機がない。たとえ古川の死にかかわったからというて、そのために自分が死なないかんほどの強い呵責《かしゃく》を覚えたとは到底考えられん」

「古川を殺したんは池内やという可能性、ないこともありません」

「それやったら、吉松を巻き添えにする理由があらへんやないか。そもそも、死体をバラバラにして遺棄しようてな神経の持ち主が自ら死を選ぶてなことあるわけない。池内は川背の別荘で起きた事件を吉松に話し、吉松はそれをネタにして佐伯から金を強請《ゆす》り取った。佐伯は吉松と池内に殺意を抱き、無理心中を装って二人を亡きものにしたというのが本筋や」

「ぼく、よう分からんけど、総長の意見に賛成です」

後ろから五十嵐が口をはさんだ。

「よう分かりもせんのに、賛成も反対もないやろ」と、私。

「けど、総長のいわはること、正しいように思います」

「ほな、わしの意見が間違《まちご》うとるとでもいうんかい」

「いや、文田さんの意見も説得力あります」

「コウモリみたいなやつやな。明日から、バット五十嵐いう名前にせい」

「バット五十嵐……しゃれてますね」

「どこがしゃれとるんや」

「ぼく、ひとつ提案があります」

「何じゃい」

「幸い、ここに三人いてます。これからアルカディアの現場へ行って、佐伯と吉松、池内の動きを再現してみませんか」

「おまえは変質者か。何が悲しいてそんな猟奇芝居の真似事をせないかんのや」

「いや、待て。そいつはおもしろいかもしれんぞ」

「総長、酔狂が過ぎまっせ」

「ごちゃごちゃいうな。飯を食うたらアルカディアへ行く」

鶴の一声だった。

12

管理人に鍵を借りて七〇三号室に入った。室内はきれいに清掃、整理されて、グラスの破片や嘔吐物など事件の痕跡《こんせき》をとどめるものは何もない。家具、調度類の位置は変わっておらず、週に二回、彰子の母親がここに来て、洋服や小物を少しずつ生家へ持ち帰っていると管理人はいった。賃貸契約の切れる今月末には部屋を引き払う予定らしい。

「どうや、五十嵐、来月からこの部屋借りるか。交渉したら、部屋代まけてくれるぞ」

「遠慮します。半額でも要りませんわ」

「やっぱり、薄気味わるいか」

「そんなん平気やけど、大阪はどうもね……」

「それ、どういう意味や、え」

「昔からよういうでしょ。大阪で稼いで、京都で遊び、神戸に住む。これが関西人の理想やし、ぼく、住むんなら芦屋《あしや》か西宮と決めてますねん」

「おまえ、自分の給料知っとるんかい」

「そやし、ぼくはディンクスをめざしてます」

「ほう、どんなジンクスや」総長が訊《き》いた。

「ジンクスやない、ディンクスです」

私が答えた。「ダブル・インカム・ノーキッズ。早い話がヒモみたいなもんですわ。男のくせに女を養おうとせんのです」

「そらええ。男の理想像や。わし、憧《あこが》れてたがな」

意外な反応だった。けしパンばばあに聞かせてやりたい。

「……総長、仕事しましょ」

「ああ、そうやな」

総長はリビングルームのソファに腰を下ろして、「ブンはダイニング。その椅子に坐《すわ》れ。五十嵐は玄関や」

全員が配置についた。

総長はサイドボードの上の電話をとるふりをして、

「八時二十分、高岡俊江から電話。テニスの切符のことを話すうち、八時三十分に玄関のチャイムが鳴った。彰子は『お客さん』というて電話を切る。……と、そこへ佐伯知久、登場」

五十嵐が玄関からダイニングに入って来た。テーブルをはさんで私の向い側に腰かける。

総長は立ってこちらに来て、五十嵐に頭を下げ、「池内が佐伯を出迎えた。吉松は『ビールでもどうでっか』と、佐伯にグラスを差し出す」

総長の言葉に従って、私と五十嵐は演技をする。私はビールを注ぎ、五十嵐はグラスを傾けて飲むふりをした。

「佐伯は吉松にいう。『強請《ゆすり》はこれきりにしてくれ』、『そういうわけにはいきまへんな。あんたは人を殺したんでっせ』、『殺すつもりはなかった』、『ほな、警察にそういいまっか』、『そいつは困る』、『こっちには証拠があるんでっせ』、『何や、それは』

「総長、『何や』やおません。『何だ』です」

「『何だ、それは』、『あんたが燃やした炬燵《こたつ》の金具』、『くそっ、この野郎』、『そうカリカリしなはんな。百万や二百万の端金《はしたがね》、宇佐美謙三に出してもろたらよろしいがな』、『ビールをくれ』、『おい、彰子、ビールや』、いわれて、池内が冷蔵庫からビールを出し、栓を抜いて佐伯に注ぐ。佐伯はビールを飲みながらウインストンを吸う。灰皿に吸殻が残る」

「ウインストンの吸殻がごみの缶の中にあったわけは」

「考えてみい、彰子の職業は何や」

総長は私の隣に坐った。

「ホステスです」

「二、三本吸殻がたまったら灰皿を取り替えるのがホステスの習い性や。佐伯も気をつけてはいたけど、つい見逃してしもたんや」

「なるほど、それは充分ありえますな」

「佐伯は懐から二百万円の入った封筒を出して吉松に渡す。受け取った吉松が中を改める隙を見はからって、佐伯は吉松のグラスに青酸を入れた」

「青酸カリ、簡単に溶けるんですかね」

「たぶん、水に溶かしといたんやろ。青酸溶液をたとえば目薬の容器にでも入れてポケットに忍ばせとったんや」

「なかなか頭がよろしいがな」

「ええのはわしの頭や」

総長は指先で額を叩《たた》いて、「で、午後九時ちょうど、青酸ビールを飲んだ吉松が持ったグラスを落として、ウワーッと喚《わめ》き声をあげた。喉《のど》をかきむしりながら椅子からころげ落ちて、リビングの方に這《ほ》うて行く。ビールとつまみのピーナッツを吐き散らす。彰子は突然の出来事にわけが分からず呆然自《ぼうぜんじ》失《しつ》。我にかえって悲鳴をあげたところへ、佐伯が飛びかかって首を絞める。彰子は気絶した」

「佐伯、クロロホルムでも用意してたんと違いますか。それをハンカチに浸して彰子の鼻と口を塞《ふさ》いだんです」五十嵐がいった。

「それはテレビや小説の話や。あんなもんで人間は気絶せえへん」

——クロロホルムは刺激臭が強い上に相当量を吸引しなければ意識を失いはしない。また毒性が強く皮膚を痛めるから、もし佐伯がそれを使ったのなら、彰子の鼻や口のまわりに発赤やかぶれが見られたはずだ。

「佐伯は革手袋をつけ、死んだ吉松をリビングのベンチソファに運んで両手を胸の上に揃えた。それから彰子を寝室のベッドに抱えて行って、服を……たぶんトレーナーとジーパンを着とったはずやけど、それを脱がして、ネグリジェを着せた。そして、洋服入れの中に吊《つ》った吉松のブルゾンからキーホルダーを抜いた」

「トレーナーとジーンズは風呂場《ふろば》の前の洗濯かごに放り込んだんですな」

私がいった。洗濯かごの中には吉松のピンクのブリーフといっしょに彰子の服が入っていた。

「佐伯はビールを飲んだグラスの指紋をきれいに拭《ふ》き取った。そして、そのグラスを彰子の右手に握らせてからテーブルの上に置いた」

「そうか、それであのグラスには指紋だけやなく、掌紋までが付着してたんや」

「午後十時、高岡俊江からまた電話がかかった時、佐伯はそんな偽装工作の最中やった。電話の音にびっくりして飛び上がりよったやろ」

「午前二時十分に、七〇二号室の夫婦が彰子の話し声を聞いてますけど、あれは……」

女の泣いているような声が数分続いたという。

「そいつはこれから確かめる。ブン、隣へ行け」

「了解」私は立って、玄関から廊下に出た。

隣の七〇二号室のチャイムを押すと、すぐにドアが開いて厚化粧の女性が顔をのぞかせた。年は二十代半ば、胸に模造真珠を飾り付けた紫色のセーターにベージュのスキーパンツ、派手な恰好《かっこう》だ。

「浅井《あさい》和子《かずこ》さんですね」

私は手帳を呈示し、隣の七〇三号室で検証を行なっていることを伝えて、「四月十六日の午前二時十分、池内彰子の話し声を聞かはったそうですけど、それは確かに彼女の声でしたか」

「と、思いますけど……」

和子は不安げな顔で、「壁の向こうから聞こえる声やし、話してるとこを見たわけやないからはっきりようはいいません。けど、女の人の声やったことは確かです」

「失礼ですけど、浅井さんが寝てはる部屋は」

「奥の和室です」

彰子の寝室とは壁を隔てた隣になる。

「何べんも同じことを訊くようですけど、あの日、浅井さんはご主人といっしょに寝てはったんですね」

「はい。夜中、隣から話し声が聞こえて眼を覚ましました」

「すんません、その奥の和室を見せてもらえませんか」

「ええ、いいですよ」

浅井和子は私を招き入れてくれた。部屋の配置は七〇三号室と変わらず、カーペットから壁紙の模様まで同一だった。

六畳の和室、ふとんはあげられ、ベランダの手《て》摺《すり》に干されていた。七〇三号室側の壁際に家具類は置かれていない。

「浅井さん、池内さんとのつきあいは」

「ほとんどありません。顔を合わせても、ちょっと挨拶《あいさつ》をするだけでした。それにあの人、水商売やし、めったに会うことなかったです」

「生活の時間帯が違いますわな」

私は壁際に立って、壁をトントンと叩いた。すると隣からコンコンと応答。

「総長、聞こえますか」

返答なし。

「総長、聞こえますか」

今度はかなり大きくいって、壁に耳をつけた。

「ブン――」

かすかに聞こえた。何をいっているのかは分からないが、男の声であることは確かだ。これが深夜の二時なら、女性の高い声はよく通るだろう。

「いや、どうも参考になりました。ありがとうございます」和子に礼をいった。

「刑事さんも大変ですね」

「これが仕事ですから」

ひとつ頭を下げて、浅井家を出た。

七〇三号室に戻ると、総長と五十嵐は洋室のベッドに並んで坐《すわ》っていた。コンポーネントステレオからジャズが流れている。

「どうや、ステレオの音、聞こえたか」

「聞こえません」

私はボリュームを絞って、「総長が、ブンというたんは聞こえました」

「あれはわしやない。五十嵐がいうたんや」

「何ですて」

私は五十嵐を睨《にら》みつけた。五十嵐は黙って下を向く。

「これでけっこう声が通ると分かった。彰子がこの部屋で何か喋《しゃべ》ってたことに間違いはない」

「その話の相手、佐伯ですか」

「そう、佐伯や」

総長はベッドの枕許《まくらもと》のナイトテーブルの上にある電話機を指さして、「池内は電話で話をしたんやない、佐伯と喋ってたんや。佐伯はぼそぼそと低い声で話しよったし、隣の夫婦には池内の声だけが聞こえたんや」

「話の内容は何です」

「命乞《いのちご》い、やろな」総長はぽつりと答える。

「彰子の首にロープを巻いてベランダから放り出したあと、佐伯はどないしたんです」

「分からん」

「は……」

「分からんというとるやろ」

試験の答え合わせの途中、教師が教壇を踏み外して気絶し、そのまま担架で運ばれて行ったような気分だ。

「今までに得られた情報を総合して、わしが推察したことに間違いはない。ひと月分の給料を賭《か》けてもええ。……がしかし、ここから先が分からん。佐伯知久はどうやってこの寝室から逃走したか、何でドアチェーンがかかってたか、どんなに頭をひねっても分からんのや」

「ドアチェーンいうのは外からかけたり、はずしたりできへんのですか」五十嵐が訊《き》いた。

「できへん。できへんからこそ、防犯器具としての用をなすんや」

「ドアの隙間からハリガネを差し込んで、かけるというのは」

「無理や。受け金具のポッチを押さえて嵌《は》め込まなあかんし、ハリガネなんぞでどうこうできるもんやない」

「ほな、佐伯はベランダから……」

「それはこの間もブンと検討した。四階のおばはんが大声で喚いとるのに、ロープを伝《つと》うて下へ降りるてなことできん」

「下やなく、八階へ上ったというのは」

「条件としてはその方がええけど、八階のベランダに這《は》い上ったところで、そのあとの動きがとれん。池内が首を吊《つ》った一分後には八階の夫婦がベランダへ出て来とる」

「ほな、八階から屋上へ上ったというのはどうです」

「屋上の庇《ひさし》はベランダの突端から三十センチも外に張り出しとる。よじ登るのは不可能や」

「佐伯、山岳部と違いましたん」

「山岳部……」

総長は手を打った。「そうや、佐伯は山岳部やったんや。わしとしたことが今まで気がつかなんだがな」

「屋上のようす、調べましょ」

「ちょっと待った。その前に、八階の夫婦にもういっぺん話を聞いといた方がええのと違いますか」私がいった。

八〇三号室の住人は小池《こいけ》という老夫婦だ。二人は、ハイム・アルカディアのオーナーである西隣の正徳寺で、植木の手入れや雑役をしていると聞いた。

「小池夫婦と佐伯につながりがあるとは考えにくいけど、いちおう確かめる必要はあります」

「分かった。そうしよ」

総長はベッドから弾むように立ち上がった。

正徳寺は敷地が千坪もある大きな寺だった。三階建、鉄筋コンクリート造りの本堂と庫裡《くり》、裏が賃貸駐車場と墓地になっていて、小池夫妻は墓地の清掃をしていると住職に聞いた。住職はこれからゴルフの打ち放しにでも行くつもりなのか、白のスラックスに水色のカーディガンを着てクラブを磨いていた。べっこう縁の眼鏡、腕に金のロレックス、「生臭《なまぐさ》」を絵に描いたら、ちょうどこんな坊主になるだろうという典型だった。宗教法人に対する優遇税制が腹立たしい。

私はひとつ唾《つば》を吐いて、墓地に向かった。鐘楼の脇を抜ける。

小池夫妻は墓地の北にいて、築地塀の手前のキンモクセイを剪定《せんてい》していた。夫が切った枝を妻がポリ袋に拾い集めている。我々はそばに寄って、

「えらい精がでますな」

総長が声をかけた——。

「——ええ、そうですわ。ギャーという悲鳴で眼が覚めたんです。ベランダの戸を開けて外へ出たんはそのすぐあとです。そう、一分も経ってません」

小池照枝《てるえ》が答えた。

「わしも、いっしょに起きました」

小池裕市《ゆういち》が話を継ぐ。剪定鋏《ばさみ》を足許に置いて、「手《て》摺《すり》から顔出して下を覗《のぞ》いたら、何や白いもんがゆらゆらしとるんですわ。よう見たら人間やし、今度はこっちが腰抜かしてしまいましたがな」

「悲鳴を聞いてから一分でベランダへ出たというのは確かですね」と、私。

「間違いおません。年寄りは眼が敏《さと》いさかい」

——いくら佐伯が山岳部だとはいえ、一分以内に七階から八階のベランダへ移り、それからまた屋上へ上ったとは考えられない。屋上にクレーンでも据えていたなら話

は別だが……。

「いや、よう分かりました。おおきにすんません」総長がいった。

「刑事さんはまだあの心中を調べてはるんですか」

「いちおう、けりのつくとこまではね」

「わし、あれから気持ちわるうてね。何や、下の部屋から青白い手が伸びて来そうで、ゆっくり寝てられへんのですわ。住職も次の借り手がないいうてぼやいてます」

「念仏唱《とな》えて、お祓《はら》いしたらよろしいがな」

「あの人はあきまへん、修行が足りんさかい」

小池は空を仰いで嘆息する。前歯が二本欠けていた。

ハイム・アルカディアに戻った。管理人に、屋上の鍵《かぎ》を貸してくれというと、施錠はしていないと答えた。屋上は物干し場になっているという。

私たちはエレベーターで八階へ行き、廊下の端の階段を上って階段室から屋上へ出た。

「けっこう広いな」

「テニスコートの一面くらいとれまっせ」

「けど、ボールが下に落ちますわ」

「フェンスをつけたらええやないか」

屋上はまわりを高さ一・二メートルほどのコンクリート手摺で囲まれている。床はモルタル仕上げ、南側の半分が物干し場らしく、十数基のアルミの干し台に数十本のプラスチック製の竿《さお》が架けられている。干しものは一枚も見あたらない。

「天気はええのに開店休業ですわ」

「干しに来るのが面倒なんや。それに、パンツやブラジャーは陳列できへんし、ブランドもんの高級な服はどこかへ消えてしまう」

「総長、詳しいですね」

「うちの団地も同じ状態なんや。ほとんどの家が乾燥機を使《つこ》てる」

「けしからん、許せませんな。お天道《てんとう》様が照ってるというのに何という資源の無駄遣いや」

「うちの伶子、乾燥機しか使わへんで」

「そう、文明の利器は大いに利用すべきです」

「ブンこそコウモリやな」

「バット文田と呼んで下さい」

「バット・ブーン……歌でも歌うか」

総長は八〇三号室のベランダ側へ歩いた。私と五十嵐もあとに続く。

コンクリート手摺の向こうは幅一メートルの庇だった。

「ブン、行け」

「あきません。わし、自慢やないけど高所恐怖症です」

「ぼく、平気ですわ」

いうなり、五十嵐は手摺を乗り越えて庇の上に立った。屈《かが》み込んで、庇の先端を指で触る。少しずつ前進しながら、「特に傷みたいなもんはありません」

「そうか……」

佐伯が八階から屋上へ上ったのなら、ロープを使う以外に方法はない。だから、庇の先端の一部が欠けているか、あるいはロープの擦り痕《あと》が残っているというのが我々の読みだ。

「総長、やっぱり池内は自殺なんですわ」

「いや、違う。吉松と池内は佐伯に殺されたんや。庇に傷がないのはロープの下にクッションをあてたからや」

「けど、密室の説明ができません」

「ほな、八時半の客は何者や。グラスの掌紋とウインストンの吸殻をどない考えるんや。死ぬ前に池内は誰と話をしたんや」

「それはですね——」

堂々めぐり、答えのない不毛の議論がまた始まる。

「おれ、正直なとこ、心証としては総長の読みが正しいように思う。けど、あのドアチェーンだけは、無視するわけにいかんのや」

「困ったもんやな。あちら立てればこちらが立たず、立たんようになったら人生お終《しま》いや」

「おふくろ、まじめに聞いとるんかい」

「聞いてる。これでも一所懸命考えてるんやで」

おふくろはリンゴの皮をむいて四つに割る。芯《しん》を外して私に差し出した。

「これはむつ。色がきれいやろ」

私は一口かじって、

「おれ、ふじがええな」

「男は食べ物のことをぐちぐちいうもんやない。出されたもんは黙って食べるんや」

「果物くらい好き嫌いをいいたいがな」

「よめさんに愛想づかしされるで」

「伶子はそんなことせえへん。それに、あいつは料理が上手や」

「そういえば、この間のお味噌《みそ》汁《しる》、美味《おい》しかったな」

竜王橋事件発生の少し前に、伶子がうちに来て夕食を作ってくれた。早いもので、あれから三週間が経とうとしている。

「な、浩和」

おふくろは庖丁《ほうちょう》を置いた。ふっと遠くを見るような眼差《まなざし》をして、「池内彰子さんは何で四階まで落ちたんや」

「あん？」

「七階から飛び降りたにしては、ロープが長すぎるとは思わへんか」

「おふくろ、何がいいたいんや」

「死体は七階から四階のベランダまで何メートルくらいぶら下がってたんや」

「八メートルくらいかな。ロープの長さは十メートルで、一方の端を首に三重に巻いて、もう一方を手摺に括《くく》りつけてた」

「首吊《くびつ》りて、そんなに長いロープが要るやろか。せいぜい二、三メートルもあったら充分やないか」

「…………」

「私がもしベランダから首を吊るなら、三メートルのロープを用意する。そのロープを首に巻いて飛び降りたら、体がぶら下がるのは六階や。死ぬにはそれで充分やないか。ヨーヨーや独楽《こま》まわしでもあるまいし、十メートルもの長いロープは不必要やし、不自然や。それに、八メートルも飛び降りたら、勢いでロープが切れるかもしれん。体も下のベランダに強くぶつかってひどい傷になる。……これはやっぱりおかしい。私、そんな気がするわ」

おふくろの言葉を私は反芻《はんすう》し、彰子が七階から飛び降りるようすを頭に思い描いてみた。――なるほど、おふくろのいうとおりだ。確かに不自然だとは思いつつ、

「買《こ》うたロープの長さが十メートルやったから、そのまま使《つこ》うたとは考えられへんかな」

「彼女は恋人に毒を服《の》ませたんやろ。計画的な犯行やし、自分は首を吊るつもりなんやから、ロープの長さくらい事前に調節しとくのが普通やないか」

「そういわれると反論できへんな」

「疑問な点、もうひとつある」

「何や」

「彼女がネグリジェを着てたこと。私はこれでも女やし、首を吊ったら、おしっこが垂れ流しになること知ってるから、ネグリジェなんかよう着ん。どないしても死ぬ気なら、パンツ三枚はいて、ガードルして、その上にスラックスをはくわ」

そういえば、彰子は大小便をあたりに撒《ま》き散らしていた。口から舌を出し、涎《よだれ》をたらしてかなりひどいようすだったと聞く。

「総長さんのいうとおり、池内彰子さんは自殺やない。殺されたんや」

「けど、何べんもいうように、七〇三号室のドアにはチェーンが……」

「ドアチェーンはちゃんと内側からかけられたんや」

「おふくろ、えらい自信たっぷりやな」

「そう。たった今、私は密室殺人の謎を解いたんや」

「犯人は彰子を吊るしたあと、空を飛んだとでもいうんか。それとも、ベランダから近くの電柱にロープを張って、滑車で滑り降りたとでもいうんかい」

「あほらし、誰がそんな非現実的なことを考える」

「ほな、犯人はどうやって部屋から消えた」

「簡単なこと。いったん屋上に上って、そこから階段で下に降りたんや」

「何じゃい、それは。首吊りのすぐあとに、八〇三号室の夫婦がベランダへ出たんやで」

「浩和、おまえは頭が固い」

「総長にもよういわれる」

「もういっぺんよう考えてみ。彰子さんは何で四階まで落ちたんや、ロープの長さはどうして十メートルもあったんや」

「さあ……」

私は半眼を閉じ、胸に手をあててみせた。もちろん、まじめに考えてはいない。総長と私があれだけ頭をひねって解明できなかったことが、素人のおふくろに分かるはずはない。

「降参や。教えてくれ」

あっさりそういって、リンゴをつまんだ。どんな突飛なことをいいだすか楽しみだ。

「その前に、今までのコイコイの貸し、清算するか」

「する。そやから、もったいぶらんと教えてくれ」

おふくろには八千円の借金がある。

「ええ子や」

おふくろはうなずいて、「犯人は彰子さんを屋上から落としたんや。ロープが不必要に長いのはそのためや」

「…………」

「犯人は気絶させた彰子さんを肩に担いで、階段を通って屋上に運び上げた。そして、屋上から縄ばしごを垂らしておいて、七〇三号室に戻る。錠をおろし、ドアチェーンをかけてから裏のベランダへ出る。十メートルのロープの端を手摺《てすり》に括りつけ、もう一方の端を持って、縄ばしご伝いに屋上へ上る。はしごをしもてから、彰子さんの首にロープを巻いて下に突き落としたんや」

「おふくろ……」私はほとんどリンゴを嚙《か》まずに呑《の》み込んだ。

七階のベランダから屋上の庇《ひさし》の先端までの直線距離は約六メートル、コンクリート手摺の内側に彰子を横たえ、その首にロープを巻きつけるには十メートルの長さが適当だ。

「どうや、ようできた推理やろ」

おふくろは人さし指を私の鼻先に突きつけて、「すこぶる論理的で、どこにも瑕《きず》がない」

私は懸命に考える。手を後頭部に組んで後ろにひっくりかえった。

おふくろの言い分は正しいように思う。……いや、確かに正しい。論理的でもある。がしかし、

「あかん、やっぱりあかん」

「何があかんのや」

「池内彰子は死ぬ直前まで誰かと話をしてた。それが電話であるにせよ何にせよ、池内の声が七〇三号室から聞こえたことに疑いはない。おふくろの意見、珍しくまともでびっくりしたけど、やっぱり同調はできん」

「隣の部屋の人、確かに池内さんの声やというたんか」

「いや、それは……」

「ほな、それを考えんかいな。テープレコーダーとかラジオとか、部屋には音の出るもんがあったやろ」

「そういや、ベッドの横のベンチチェストの上に小さいステレオがあったな……けど、スイッチは入ってなかったで」

「佐伯、ロープに括りつけた小さいテープレコーダーを寝室に置いといたんや。ほいで、女の話し声を流したあと、ロープをたぐりよせたんやがな」

「そうか……」

私は起き上がった。壁の時計を見ると、午後十時十五分。這《は》って茶箪笥《ちゃだんす》のところへ行き、電話をとって豊中北署のダイヤルをまわした。刑事課を呼び出して、武藤《むとう》巡査の自宅の電話番号を教えてもらった。武藤は四月十六日、アルカディア七〇三号室のドアチェーンを切って中に入った二人の警官のひとりで、今は帳場の応援捜査をしている。私より年下だし、階級は下だから話は聞きやすい。

——はい、武藤です。

——夜分すんません、私、文田です。

——あ、文田さん。こんばんは。

——ちょっと確認したいことがあるんやけど。……武藤さんが池内の部屋に入った時、明かりはどこも点《つ》いてなかったんやな。

――ええ、まっ暗でした。リビングの電灯を点けたら、ソファで吉松が死んでました。

――武藤さんは裏のベランダに出て女を引き上げた。……その時、寝室のステレオとかリビングのテレビに電源は入ってなかったかな。

――入ってません。それは確かです。一係と鑑識が来るまで、自分らは現場保存だけを念頭に置いてたし、電灯のスイッチ以外、室内のものにはまったく手を触れてません。

――ベランダへ出た時、寝室のガラス戸は開いてたかな。

――閉まってました。もちろん、鍵《かぎ》はかかってません。

――了解。何べんも同じこと訊《き》いて申しわけない。

――ほんまに、何べんもですね。

――えっ、どういうことや。

――実は、三十分前にも電話がありました。総田さんからです。

――何やて、総長が……。

――文田さんと似たようなことを訊きはるんです。ステレオのスイッチは入ってなかったかとか、ラジカセみたいなもんは見あたらんかったかとか。……何かあったんですか。

――突拍子もない発想をする人間が二人ほどおってな、わし、困っとるんや。

――はあ……。

――ほな、また明日。いろいろとありがとうさん。

電話を切った。振り返って、

「な、おふくろ」

「何や」

「総長とおふくろ、気が合いそうやな。年が近いと、考えることまで似るらしい」

13

四月二十七日。朝、帳場に出るなり、深町に呼ばれた。ちょうど五分前に府立福島北高校の水泳部顧問から電話が入って、野田駅前のコンビニエンスストアで吉松の写真とネガを受け取った生徒が見つかったという。私は紙コップのコーヒーを手に部屋へ入って来た五十嵐を引っ立てて帳場を出た。

「――で、君はネガと写真をその眼帯の男に渡して、三千円をもろたというわけや」

「はい……」

事務室横の生徒指導室、五十嵐の問いに、水泳部員の矢田《やだ》幸弘《ゆきひろ》は坊主頭を垂れ、消え入りそうな声で答える。矢田は二十一日の練習の際、クラブの顧問教諭から、警察の問い合わせについて話を聞いたが、自分が写真を受け取ったことを告白できず、悩んだ末に、きのうの夜、打ち明けたという。矢田が男に声をかけられたのは野田駅前のゲームセンターの近くだった。学校は登下校時のゲームセンター立ち入りを禁じており、そのため顧問教諭にいうのがためらわれたのだ。

「その男、どんなふうに話しかけて来たんや」

私が訊いた。矢田は俯《うつむ》いたまま、

「ちょっと君、頼まれてくれませんかと、そういいました。黙って聞いてたら、ポケットから紙きれを出して、この伝票で写真を受け取って来てほしいというんです。そして、財布の中から千円札を出しました。写真と引き換えに、あと二千円あげるといいました。……ぼく、何となく嫌やったけど、いうとおりにしました」

「男は手袋をしてたかな」

「してません」

「君がコンビニエンスストアに行ってる間、男はゲームセンターで待っとったんか」

「そうです」

「眼帯の他に、男の特徴は」

「さあ……あんまり憶《おぼ》えてません」

「背は」

「普通やったと思います」

「服は」

「黒い服です。……いや、灰色やったかな」

「矢田、もっと大きな声ではっきり答えるんや」

顧問教諭が横から口を出した。矢田はこっくりうなずく。

「男に訛《なま》りはなかったかな。その、つまり大阪弁とか東京弁とか」

「……分かりません」

「もういっぺん本人に会《お》うたら、この男やと分かるな」

「ええ、たぶん……」

「男の年は」

「二十歳か二十五くらいでした」

「何やて。それ、ほんまかい」

私は佐伯知久の写真を取り出した。伊村恭子から手に入れた、建築家のパーティーの時に撮影したスナップ写真だ。正面や横を向いたのが四枚ある。

矢田は写真を手にとって、

「違います、この人と違います。あの人、髪の毛がもっと短かったです」

意外な結果だった。継ぐべき言葉がない。

「君、受け取ったネガと写真の袋をゲームセンターに持ち帰る時、中を覗《のぞ》いたりはせんかったか」

五十嵐が訊いた。矢田はまた下を向いて、

「すみません、ちょっとだけ見ました。……気になったもんやから」

「どんな写真やった」

「女の人でした。ピンクのネグリジェ着てました」

南原いすずのセミヌード写真に違いない。

「君、写真と引き換えに、あとの二千円をもろたんやな」

私がいった。「合計三千円、その金、どないした」

「二千円は遣《つこ》て、千円残ってます」

「それ、どこにあるんや」

「家です。机の抽斗《ひきだし》の中」

「そうか、そらええ。すまんけど、わしの千円札と交換してくれるか」

薄闇の向こうにほのかな光明が見えた。


矢田の家は学校のすぐ近く、歩いて十分のところにあった。

私は矢田の母親に千円札を渡し、抽斗の中の千円札を受け取って外へ出た。これを鑑識に持ち込んで指紋を採取する。

「わし思うに、高校生を使《こ》うて吉松のネガと写真を入手したん、佐伯のボーイフレンドやで」

「文田さんは、清風荘に侵入したんは佐伯やないと考えるんですか」

「その方が心理的に合うような気がする」

「つまり、共犯者の存在もあり得ると読むんですね」

「佐伯のボーイフレンドを特定するんや。その中にきっと共犯者がおる」

「とはいうても、佐伯の口から聞き出すわけにはいきませんね」

「よっしゃ、ミナミへ行こ」

「ミナミ……何をしに」

「鈍いな。新歌舞伎座裏へ行くんやないか」


私と五十嵐はいったん帳場に戻り、報告をして、千円札を深町に預けた。総長の姿は見あたらず、その所在を訊けば、ひとりでハイム・アルカディアへ行ったという。何か手掛かりを摑《つか》んだのだろうか。


――バスで千里中央、地下鉄御堂筋線に乗って難波《なんば》へ出た。新歌舞伎座は御堂筋のほぼ南端、千日前《せんにちまえ》通りを越えて西側にある。附近はミナミの中心街を少し外れていて、御堂筋を一筋裏に入ると、まだ木造の小さな建物が軒を接してひしめきあっている。

「ぼく、ミナミは何べんか来たことあるけど、こんなとこ初めてですわ」

「庶民的でええとこやろ」


道路は補修跡だらけ、立看板、トラック、自転車、生ごみのバケツ、紙くず、それらがぶちまけられたように散在している。

せいぜい百メートル四方の狭い一帯をひとわたり歩いてみた。午前十一時、当然のことながら、どの店も閉まっている。第一、どこがゲイバーであるか判別できない。それで、阪神高速道路下の派出所に顔を出し、警官にわけを話して、近辺の詳細地図をもらい、ゲイバーの所在を教えてもらった。十数軒がその種の店だった。

「店が開くまで時間待ちするのもかなわんし、訊き込みのひとつもしたいんやけど、何ぞええ方法ありませんかね」

地図をポケットに入れながら、警官に訊《き》いた。

「それやったら、アパートを覗いてみたらどうです」

「アパート？」

「ああいう店の従業員がたくさんいてるアパートが元町《もとまち》にありますわ。アパートのオーナーがその趣味やから」

「どこです、それ」

「二六号線を渡った八坂《やさか》小学校の裏。日成アパートいうのがそうですわ」

警官の声を背中に聞いて派出所をあとにした。

日成アパートはすぐに見つかった。ＪＲ関西本線の線路沿い、倉庫、再生紙工場、スクラップ置場などの建ち並ぶ工場街の南の外れにあった。間口が狭く、奥に長い、かなり老朽化した四階建、薄汚れた外壁のところどころにクラックが走っている。

「文田さん、ゲイバーなんかは」

「何べんか行ったことがある」

「中にはきれいな子がいてるんですやろ」

「酔うたら見境がつかんことあるな。チークなんか踊ったら、つい大きくなったりする」

「文田さん、その経験は」

「わしゃ、やっぱり女がええ」

「いっぺんくらい、してみたらよかったのに」

「そういうおまえがしてみんかい」

一階、一号室。《正木《まさき》ひとみ》の表札を見上げながらノックした。応答なし。二号室、《山田《やまだ》潤治《じゅんじ》》をノックすると、ドアが開いて、三十歳前後の眉《まゆ》の細い男が顔をのぞかせた。瞼《まぶた》が腫《は》れぼったく、今起きたばかりらしい。

　私は手帳を呈示して、

「つかぬことをおうかがいしますけど、おたくさん、歌舞伎座裏の店に勤めてはるんですね」

　我ながら間の抜けた質問だ。山田は訝《いぶか》しげな表情で小さくうなずき、

「それが何か……」

「ちょっと人探しをしてるんです」

佐伯の写真を差し出した。「この人、店に顔出したことありませんかね」

山田は受け取った写真を、眼を細めて眺めながら、

「うちのお客さんじゃないですね」

「あの、参考までにお訊《たず》ねするんですけど」

後ろから五十嵐が口をはさんだ。「このアパートに住んではるのは、そういった店の人ばっかりなんですか」

「そういった店というのは」

「その、つまり、どういうたらええのか……」

「ゲイでしょ。はっきりそういえばいいじゃない」

「そういう言い方、失礼やないんですか」

「じゃ、他にどんな言い方があるのかしら」

「それは……」

「あなた、ゲイのお店に行ったことないの」

「ええ、残念ながら」

「じゃ、一度いらっしゃいな、うちのお店に」

「ぜひ、そのうちに」

五十嵐の顔が赤くなっている。背の低い山田は下から覗き込んで、

「あなた、よく見るといい男ね」

「ありがとうございます」

「お名刺、あげましょうか」

「はい、そのうちに」

「あの、すんません」

私がいった。「時間がないもんで、その話はまたにして下さい」

「あら、そう……」

山田は五十嵐ににっこりほほえみかけながらドアを閉めた。

「なかなか愛想のええ人ですね」

「あほ。からかわれたんじゃ」

——三号室、四号室は応答がなかった。五号室は水商売らしい女性だった。

——二階。一号室、三号室は不在。二号室と四号室は女性で、五号室の住人が二十二、三歳のゲイバーの従業員だった。彼は『どらむ』という店に勤めていて、佐伯に心あたりはないといった。

——三階。一号室には男が二人いた。年かさの、化粧灼《や》けした髭《ひげ》の濃いのが『梨花』という店のママで、佐伯の写真を見せると、

「あら、この人、田辺《たなべ》さんじゃない」と、かん高い声でいう。

私は身を乗り出した。

「田辺というんですか」

「そう、以前、うちに時々いらしてました。でも、もう一年くらいご無沙汰《ぶさた》ですね」

「その田辺、職業は」

「確か、デザイナーじゃなかったかしら。いつもぱりっとしたスーツを着て、おしゃれな方でした。お酒はあまりお飲みにならないし、どちらかといえば無口で上品なお客さまでしたね」

「パイプなんか吸うたりはしませんでしたか」

「あ、そうそう、時々、お吸いになってました。あれ、臭いがすごいのね」

ママはポンと手を打って大仰にうなずいた。田辺は佐伯に違いない。

「その田辺ですけど……」

「立ち話も何ですし、中に入って下さい」

「いや、わしらは……」

「さ、どうぞ、どうぞ」

二人の男に袖《そで》を引かれて室内に入った。十畳ほどの洋間に通され、ソファに五十嵐と並んで腰を下ろす。

「きれいな部屋ですね」

厚いカーペット、細いストライプの布クロス、四方の壁に抽象版画が掛けられて、上品なこざっぱりしたインテリアだ。アールデコ調のサイドボードや革張りのリクライニングチェアなど、家具にも金がかかっている。

「部屋をいじるのが趣味なんですよ」

ママは膝《ひざ》を揃えてソファに浅く腰かけている。まっ昼間、酒も飲まずに話をするのは何とも妙な気分だ。もうひとりの若い男は台所でコーヒーを淹《い》れている。

「さっきの田辺ですけど、彼はゲイですか」

「そう。いつも若い子を連れてました」

「その若い子、知ってますか」

「さあ、それは知りませんけど……」

ママは膝に視線を落とし、それからゆっくり顔を上げて、「田辺さん、うちのバーテンダーとつきあってましたね」

「そらよろしいな。誰です」

「小野《おの》洋二《ようじ》といって、一年前に辞めました」

「小野さん、どこに住んでます」

「まだ同じところにいるかしら」

「それはこっちで調べますから」

「桜川《さくらがわ》です。四丁目のガソリンスタンドを左へ入ったところに大浪《おおなみ》コーポというのがあって、そこの二階です」

　日成アパートから西へ二キロ、大浪コーポには二十分で着いた。コーポとは名ばかり、プレハブ二階建の文化住宅だった。道路からブロック塀に沿って二十メートルほど入った突きあたりに鉄製階段がある。

　私と五十嵐はまっすぐ奥に突っ込み、階段を上った。二階には四つの部屋が並んでいる。

《二〇二、小野洋二》、壁に貼られたプラスチックプレートを確認した。

「引っ越し、してませんでしたね」

「ついとるな」

　白い合板のドアをノックした。

「はい、どなた」と、男の声。

　私は一瞬ためらったが、

「警察の者《もん》です。ちょっとお訊《き》きしたいことがありまして」

「お待ち下さい」

――がしかし、ドアは開かない。二十秒待って、またノックした。返答なし。ドアに耳をつけると、バシャッと窓を閉めるような音。

「あかん、フケよる」

階段を走り下り、表に出た。ブロック塀の裏側はフェンス囲いの生コン工場で、遠く砂利の山の後ろにちらっと青い服が見えた。

私は走った。フェンスを迂回《うかい》して資材置場に入る。青いスタジアムジャンパーの男は砂利山を駆け上り、コンクリート塀の向こうに消えた。

五十嵐が私を追い越した。速い。

塀の向こうは道路だった。男は走っている。我々との距離は約五十メートル。

塀を飛び降りて走った。五十嵐と私の間隔が開く。息が切れる。

児童公園、男は鉄棒をくぐり、夾竹桃《きょうちくとう》の植え込みを走り抜けた。五十嵐、次に私も突っ込む。

バス通りに出た。男はガソリンスタンドを突っ切り、木津《きづ》川に向かう。五十嵐が男に迫る。

大正《たいしょう》橋、中央部で五十嵐が男に追いついた。腰にタックル、橋の欄干にぶつかり、折り重なって倒れる。

私も追いついた。怒号、喚声、男を押さえ込もうとした瞬間、鼻を蹴《け》られた。一瞬、朦朧《もうろう》となる。手摺《てすり》にもたれかかってくるりと一回転し、私の体は宙に投げ出されていた。

14

森内ビル、エレベーターで十二階に上った。受付には伊村恭子が坐《すわ》っていて、総長が、

「いてますな」

と、低く訊けば、黙って所長室を指さした。

――ノック。ドアを開けた。佐伯はデスクに陣取って新聞に眼を通していた。

「何だ、君たちは。誰の許しを得て……」

「先生のご立腹はよう分かってます。けど、電話しても断られると思いまして」

「帰りなさい。君のにたにた笑いを見ていると気分がわるくなる」

「今日は先生の指紋をいただきとうてお邪魔したんです」

総長はつかつかと佐伯のそばに歩み寄り、ポケットからポリ袋入りの千円札を出した。

「実は、吉松慎哉のアパートから、カメラと写真の引換伝票が盗まれた事実が判明しまして、その犯人がこの千円札を所持しとったんです」

「それはどういう意味だ」

佐伯の表情に変化はない。「ぼくがその犯人だとでもいうつもりか」

「いえ。そうやおません。課長の命令で、いちおうすべての事件関係者から指紋をもろて照合させてみよということになったんです」

――きのう、私が帳場に持ち帰った千円札からは十数個の指紋が検出された。うち、比較的鮮明な七個について小野洋二の指紋と照合したところ、一個が小野の右手拇指《ぼし》と一致した。小野は佐伯に頼まれてネガと写真を受け取ったことを供述した――。

「断る。私は事件関係者じゃない」

「そら弱りましたな」

「今すぐ、そのドアを開けて出て行ってもらおうか」

「先生は四月九日、車で太子《たいし》町の阪奈大学へ特別講義に行きはったそうですな」

「何……」

佐伯の顔がわずかにこわばった。阪奈大学へ行くには外環状線から国道一六六号線に入るのがいちばん便利だ。佐伯は竜王橋を渡り、基礎坑が掘られているのを目撃したに違いない。

「先生、今でも山登りはしはるんですか」

「…………」

「民政党の宇佐美先生、日亜建設ととかくの噂がありますな。近いうちに府警の偉いさんが上京して、宇佐美先生に会うことになりました」

「消えろ。二度と来るな」

佐伯はデスクに新聞を叩《たた》きつけた。

「こらどうも、協力していただけませんでしたな」

総長と私は一礼してデスクを離れた。ドアの手前で総長は振り返り、

「今度おうかがいする時は捜索令状を持参します」


――くしゃみ、たて続けに三回した。洟《はな》をかむ。

「風邪ひいたんかい」

マークII、リアシートの総長が笑いながらいう。「水泳するには時期が早かったな」

「それはもういいっこなしでっせ。思い出しとうもない」

四月の木津川は冷たかった。私は下流へ三十メートル泳いで、繫留《けいりゅう》中のタグボートにつかまり、そこから堤防へ上った。廃油で汚れた顔を拭《ぬぐ》いながら重い服を引きずって大正橋まで戻ると、人だかりの真ん中で青いスタジアムジャンパーが手錠をかけられていた。五十嵐の得意気な顔と、私に向けられたやじ馬の嗤《わら》いを私は生涯忘れないだろう。

小野洋二がアパートから逃走したのは、やつが大麻をやっていたためだ。小野の部

屋のトイレの水タンクからポリ袋に包まれた大麻が十グラム押収された――。

「おっ、出て来よった」

総長がいった。右に眼をやると、森内ビルから白いベンツが滑り出たところだった。

私はマークⅡのエンジンをかけた。セレクターをドライブに入れて発進する。

「やっぱり動きだしましたね」

「あれだけ吹き込んだんや、じっとしておれるはずがない」

ベンツは堺筋《さかいすじ》に向かう。スモークガラスに遮《さえぎ》られて、佐伯のようすは分からない。

私は前に二台の車を挟んでベンツを追走する。

堺筋、ベンツは左折した。信号が赤に変わったのをかまわず突っ込んだ。急ブレーキ、ライトバンから角刈りの男が顔を出して何やら喚《わめ》いている。

「ガラがわるいな、大阪のドライバーは」五十嵐が呟《つぶや》いたのを私は聞きのがさない。

「京都よりましじゃ」

「京都は上品です。悠揚せまらざる感じでのんびり運転してます」

「そら、どこぞの尼さんやろ」

「尼さんは運転なんかしません」

「そういや、坊主はよう黒塗りの車の後ろにふんぞりかえっとるな」

「いちおう名士ですからね」

「葬式仏教と観光施設の元締めが名士かい」

「京都は坊さんと大学生の町です」

「いわば高等遊民やないか」

「そういう文田さん、京都の大学やないですか」

「そやし、無駄な授業料をようけ払《はろ》うたわい」

「二年も留年しはったそうですね」

「うるさい。喋《しゃべ》るな」

――高麗《こうらい》橋、ベンツは三越の向いを左に寄ってガソリンスタンドに入った。私はウインカーを点滅させ、スタンドの手前に車を停める。

ベンツは洗車場に入った。左のドアが開く。車外に降りたったのは小《こ》肥《ぶと》りの眼鏡の男だった。

「あれっ、佐伯と違いますがな」

「五十嵐、サオスに電話や」

五十嵐は外に出て近くの公衆電話ボックスに走り、すぐに戻って来た。

「佐伯、事務所にはいてません。ついさっき外出して行き先は不明です」

「くそっ、謀《はか》られた」

と、私。「あいつ、別荘へ行くつもりですかね」

川背には川島たちが張り込んでいる。

「それはないやろ。佐伯、飛んで火に入るほどのあほやない」

「東京へ行くんやないですかね」

五十嵐がいう。「宇佐美に会《お》うて善後策を練るんです」

「そんな相談せなあかんほど宇佐美が事件に深く介入してるとは思えん」

「ほな、佐伯は……」

「要らん心配せんでもええ。あいつの行動は読めてる」

「五十嵐よ、わしがきのうアルカディアへ行ったわけ、知ってるか」

「はあ……」

「腹減ったな。三越の特別食堂でカレーでも食お。……それから、日本橋へ寄ってオーディオの研究や」

——午後九時二十八分、ハイム・アルカディア屋上、階段室のドアが音もなく開いた。長身、痩《や》せた人影が月明かりの下に浮かび上がり、ゆっくり周囲を見まわしてからつま先立つように歩きだした。男はちょうど八〇三号室の上、コンクリートの手摺《てすり》の内側に屈《かが》み込み、もう一度あたりに視線を送る。私は階段室の外壁に背中を貼りつけて微動だにしない。

男はブルゾンのポケットからドライバーようの道具を出して雨水溝を掻《か》き、それから、ある一点を集中的に刺し始めた。刺してはこね、こねては刺す。サクッ、サクッという音に時おり金属音が混じる。

「総長、まだですか」

低くささやいた。じりじりする。握った掌に汗が滲《にじ》む。

「五十嵐、撮れ」

総長がいった。フラッシュが光り、と同時に私は階段室の陰から躍り出た。走る。

佐伯は立ち上がった。眼をいっぱいに見開き、両手をだらりと下げて呆然《ぼうぜん》と我々を眺めまわす。

「これは先生、妙なとこで会いましたな」総長が話しかけた。

「…………」

佐伯の手からドライバーが滑り落ちた。カランと乾いた音。

「コンクリートを掘ったら、ダイヤでも埋まってますか」

「……そうか、そうか、そうだったのか」

「そう、そういうことですわ」

「情ないね、膝《ひざ》が震えている」

「無理もおません。それが普通です」

「たったひとつ……このことだけが気にかかっていた。泥の下に隠れているから絶対に見つからないと思っていた」

「きのうです、そのアンカーを見つけたんは。……正直、嬉《うれ》しかったですな。これで佐伯を括《くく》れる、胸が躍りましたがな。あとはどうやってあんさんをここへ誘い出すか、それだけを考えました」

「その罠《わな》にまんまとひっかかったってわけだ」

「成功率は八割、そう踏んでました」

「総田さん、あなた、優秀なんだ」

「こう見えても、ね」

「どうしてここにアンカーが埋まっていると」

「吉松と池内殺しの犯人は縄ばしごを使《つこ》うて七階のベランダから屋上へ上った。そのためには、屋上にはしごを吊《つ》る突起物が必要であるにもかかわらず、ここにはそういったものがない。コンクリート手摺の突端は角《かど》が丸うなってるから鉤《かぎ》状の器具をひっかけられへんし、無理にそうすれば傷が残る。大学山岳部員であったあんさんがハーケンやボルトのような道具を使うたんやないかと考えるのは、いわば必然ですわ」

「なるほど、いい読みだ」

「ところが、この現場を見てみると、ハーケンを打ち込むような隙間はどこにもない。

たとえ隙間があったとしても打ち込むには大きな音がする。……わし、頭をひねりましたがな。ここに坐《すわ》り込んで三十分も呻《うめ》いたあげく、ふと気づいて雨水溝の底にこびりついた泥を掻き出してみたら、何とそこに小指ほどの丸い穴が二つあいて黄色いプラスチックのアンカーが埋まってた。……そう、ホール・イン・アンカーですわ」

――ホール・イン・アンカーは、モルタル壁など釘《くぎ》を打てないところに穴をあけて鉛やプラスチックのアンカーを差し込み、そのアンカーにボルトをねじ込んで、ものを固定するために使用される。ボルトの引き抜き強度は一本で約百キログラム、佐伯の体重を支えるには、二本もあれば充分だ。

「喜ばしいね。あなたの愚直さと執念がアンカーを発見させたってわけだ」

「アルカディア事件の四日前、四月十一日は雨が降ってました。この日の午後、あんさんは四時間ほど事務所を抜けてます。どこで何をしたか……。八〇三号室の小池さんとこへ電話をしたんです。小池家が留守であることを確認し、それからこの屋上に上って来て、階段室のコンセントから延長コードを引き、低速ドリルをつないだ。そして、雨水溝の底に音がせんよう、ちょっとずつ、ちょっとずつ直径十二ミリの穴を二つあけ、そこにアンカーを差しておいた。……どないです、そう大きな間違いはおませんやろ」

「ま、そういうところかもしれない」

佐伯はにやりとする。肚《はら》を据えたようだ。今さら少々の事実を糊塗《こと》したところで罪を免れられるものでもない。

「四月十六日、午前二時、あんさんは池内彰子を屋上に運び上げ、それからアンカーにボルトをねじ込んで縄ばしごを吊り下ろした。そして七〇三号室に戻り、施錠し、ドアチェーンをかけた。ベランダに出てロープの一方を手摺に括りつけ、それを持ってはしごを伝い上った。屋上に上って縄ばしごを回収し、ボルトをまわし抜いて、残ったアンカーを泥で隠蔽《いんぺい》した。アンカーはコンクリートの穴の中で広がりきってるから、ちっとやそっとでは回収できんというわけですわ」

「仕掛けに自信があったんだ。屋上を調べられるなんてまったく考えなかった」

「あんさんは池内彰子の首にロープを巻き、屋上から落とした。階段室から八階へ走り、正徳寺側の外部非常階段を使うて一階に下りたんです」

「待った。彰子が墜落する前、七〇三号室で話し声が聞こえたんじゃなかったかな」

「そう、確かに聞こえたそうですな」

「それをどう解決したんだ」

「スピーカーというのは実に単純な機構でしてね、裏側の入力端子にスピーカーコードをつないだら、それで音が出るようになっとるんです。そやし佐伯先生、あんさんはセパレート型のラジカセの本体部分だけをこの屋上に用意しとったんです。ほいで、七〇三号室のベランダからここへ上って来る前に、寝室のステレオのスピーカーに長さ十数メートルのスピーカーコードを接続させた。そして、コードを持ってベランダへ出て、ガラス戸をほんの少し隙間を残して閉めた。……屋上へ上ってスピーカーコードのもう一方の端をラジカセにつないだんが十六日の午前二時十分。録音しておいた女の話し声を五分間流したあと、スピーカーコードを引っ張って回収し、池内彰子を突き落としたと、そういうことですわ」

「おもしろい。卓抜した想像力だ」

「想像やおません。寝室のステレオの左のスピーカーの入力端子に、髪の毛ほどの太さのちぎれた銅線が三本挟み込まれてました。検査をしたところ、この銅線はステレオ本体のスピーカーコードの銅線とは太さがまったく違うし、色も微妙に違うことが判明したんですわ」

ふっ、ふ、ふ……佐伯は低く笑った。笑い声は徐々に高くなり、やがて肩を震わせて笑いだした。

「……お見事だよ、お見事、非の打ちどころがない。女の話し声というのはラジオドラマを録音して編集したものだ。漱石《そうせき》の『それから』……おもしろいね」

「ひとつ訊《き》きたいんやけどな」

私がいった。「池内を屋上に担ぎ上げたり、首にロープを巻いたりした時、彼女は抵抗せんかったんか」

「抵抗はしなかったね」

「意識がなかったからやな」

「そういうことだ」

佐伯は小さくうなずいた。「吉松がもがき苦しみ始めると同時に、私は後ろから彰子の首を絞めた。……彰子はすぐに気を失った。私は痕《あと》がつかないようにタオルで両手両足を縛り、猿轡《さるぐつわ》をして和室にころがしておいた。彰子は十分もしないうちに意識を回復して芋虫のように動いていたよ」

「ほな、屋上へ担ぎ上げる時は」

「また首を絞めた。頸動脈《けいどうみゃく》を圧《お》せば、人間は容易に失神する」

「あんた、吉松のキーホルダーを奪《と》ったやろ。……清風荘へ侵入したんは写真と炬燵《こたつ》の金具が狙いやったんやな」

「炬燵の金具？」

佐伯は真顔になった。「そのことも知っていたのか」

「警察をなめたらあきませんわ」

五十嵐が口を開いた。「あんたはアルカディア事件の三日後には捜査の最重点対象になってたんや」

「金具はどこにあったんだ、どこに」

「茶筒の中や」

「くそっ……」

吐き捨てて、佐伯は頭を抱えた。そのまま屈《かが》み込む。――と、その瞬間、足許《あしもと》のドライバーを拾い上げて後ろに飛びのき、コンクリート手《て》摺《すり》を越えた。

「待て、早まるな」

「寄るな」

佐伯は庇《ひさし》の上に立ち、ドライバーを突き出す。

「佐伯、やめんかい」

私は歯がみした。迂《う》闊《かつ》だった。うむをいわさず連行すべきだった。

「佐伯さん」

総長がいった。「あんた、飛び降りるつもりかいな」

「寄るな。生き恥はさらさない」

「寄りまへん。頼まれても寄りまへん。あんたと心中するのはまっぴらごめんや」

「………」

「さ、飛び降りなはれ。眉《まゆ》ひとつひそめずに池内を突き落としたあんたや、立派に往生できまっしゃろ」

「…………」

「あんたがここで死んでくれたら要らん裁判することないし、無駄な税金を使うこともない。先にあの世へ行った三人も喜んであんたを迎える。……さ、飛びなはれ。芸術家らしい鮮やかな死に花を咲かせなはれ」

総長は一歩前に踏み出し、佐伯を見すえた。沈黙、静寂、微風、佐伯も総長の視線を受けとめて身動《みじろ》ぎしない。私と五十嵐はじりっじりっと左右に広がる。

「ふん……」

佐伯のためいきが洩《も》れた。「嘘だよ、嘘。飛び降りようなんて最初から思っちゃいない」

両手を前にもたげて力なく振ってみせた。

15

壁にもたれてうとうとしているところへ、

「これ飲み」

肩を叩《たた》かれ、湯呑《ゆの》み茶碗《ぢゃわん》を手に握らされた。反射的に飲む。

「ひえーっ、酸《す》っぱい」

おふくろ得意の梅干茶だった。大きな梅干が丸ごとひとつ入っている。

「この酔っぱらい。何ぼほど飲んだんや」

「さあな……。伶子と二人で銚子《ちょうし》を五、六本空けたとこまでは憶《おぼ》えてる」

「お父さんといっしょやな。弱いくせにいつまでもだらだらと飲む」

「事件は解決、明日は非番、めでたいやないか」

「風呂《ふろ》、入るか」

「それより、ビールや。おふくろもいっしょに飲も」

「よっしゃ」

おふくろは立って台所へ行き、缶ビールを二本とするめの袋を持って戻って来た。ビールを座卓の上に置き、袋を破ってするめを木鉢の中に入れる。私は缶ビールのプルトップを引いて口をつけた。梅干茶よりは数段旨《うま》い。

「今日、テレビニュースを見た。あの建築家、三人もの人間を手にかけたんやな」

「このおれが逮捕したんや。かっこええやろ」

「えらそうにいわんとき。おまえは総長はんのいうとおりに動いただけや」

おふくろもビールを飲んだ。

「ふーっ、おいしい」

唇の端に泡をつけたまま、「ほいでおまえ、古川さんの腕と胴体はどないなったんや」

「佐伯のばかたれ、阪和《はんわ》自動車道に埋めよったんや」

松原《まつばら》市の南、美原《みはら》町で現在、阪和自動車道の工事が進められている。これは和泉市、岸和《きしわ》田《だ》市等を経由して阪南《はんなん》町に延伸される。

三月四日、未明、佐伯は美原町大保《だいほ》に建設中の高架橋脚基礎坑に、衣装ケースに入れた古川の両腕と胴部を遺棄したことを供述した。橋脚のコンクリート打設はその半月後に完了しているため、これをいつ、どう解体して死体を取り出すか、府警上層部で道路公団と検討中だ。

「佐伯はいつ古川さんを殺したんや」

「一月の二十八日や。その日、佐伯は民政党の宇佐美謙三を別荘に招待した。池内彰子という接待係を用意して、な」

——午後六時、佐伯、池内、宇佐美の三人は別荘に到着した。佐伯はシャンペンとキャビア、ローストビーフなどを詰めた段ボール箱を抱えて二人を先導し、竹林を抜けた。——と、別荘の和室の窓から細く明かりが洩れている。

誰かいる、佐伯は直感し、二人にここで少し待つよういって、別荘へ走った。

玄関の扉を開けた。奥からテレビの音、佐伯は忍び足でリビングルームに入った。

薄闇、リビングは酒の空き瓶、ハム、冷凍食品のパッケージ、佐伯の衣類などが散乱していた。足の踏み場もない。佐伯は暖炉の火かき棒を手にとり、和室に向かった。

襖《ふすま》を細めに開けると、炬燵の中に男がいた。いびきをかき、座ぶとんを枕にして眠っている。眼窩《がんか》の落ち窪《くぼ》んだ皺《しわ》だらけの顔、薄汚れた初老の男だった。まわりにたくさんのビール瓶をころがしている。

佐伯はカッとした。襖をいっぱいに引き開け、中に踏み込んで火かき棒を突きつけた。

起きろ、大声で強くいうと、男はとろんとした眼をあいて起き上がり、ひとつ頭を振った。

誰や、おまえ、ろれつのまわらない口調だった。

こいつ、佐伯は火かき棒を振り上げた。ただ脅すつもりだった。

瞬間、男はビール瓶を佐伯に投げつけた。瓶は脇腹にあたり、佐伯は後ろによろめいた。男は次々にビール瓶を投げた。

佐伯は逆上し、火かき棒を叩きつけた。棒は男の腕をかすって炬燵の天板に食い込む。佐伯は男に飛びかかった——。

「佐伯の言い分どおりやとすると、古川の死因はたぶん心臓発作や。佐伯が馬乗りになった途端、叫び声をあげて痙攣《けいれん》した。痙攣は三十秒くらい続いて、それがやんだ時、古川は口から泡吹いて息絶えてた。ちょうどそこへ宇佐美と池内が現れたというわけや」

「三人は腰を抜かしたやろな、その光景を見て」

「池内は両手で顔を覆ってリビングへ走った。宇佐美は蒼《あお》い顔して古川の死にざまを見つめてた」

「それで、それでどないしたんや」

おふくろはするめを二十本ほどつまんで、いっぺんに口に入れた。

「相変わらず丈夫やな、歯が」

「眼も耳も、歯も達者やで」

「いちばん達者なんはその口や」

「早《はよ》う続きを話さんかいな」

「わしゃ講釈師かい」

私もするめをつまんで、「さすが宇佐美は古狸や、事態の呑《の》み込みが早い。何ぼプライベートとはいえ、女遊びのその上に、殺人現場に居あわせたことが世間に知れたら、政治生命を失うと、咄嗟《とっさ》にそう判断した。宇佐美は佐伯と池内を立たせて、いっしょに丘の上の駐車場まで下り、ベンツで上賀茂まで送らせた。その車中、自分は死体なんぞ見てへん、別荘にも来てへんと、そう池内と佐伯に言い含めた。もうそのころには、佐伯も古川殺しを警察に知らせようという意思はなくなってた」

別荘に戻った佐伯はひと晩中、思い悩み、考えた。——今ここで殺人者の烙印《らくいん》を押されたら、すべてが水泡に帰してしまう。建築家としての地位、権力、名声、身を削るようにして築き上げた全生活が根底から崩れさる。佐伯は古川殺しを事故に擬装することを決意した。

「幸い、古川の顔には外傷がない。佐伯は古川を炬燵《こたつ》に入れ、居眠りをしてるように見せかけた。疵《きず》のついた炬燵の天板を裏の焼却炉で焼いて、大阪へ逃げ帰った」

「死体を隠したりはせんかったんかいな」

「佐伯、古川の死体が見つかってもええという考えやった。つまり、古川は別荘に不法侵入して寝泊まりするうち、心不全で死んでしもたと、そんなシナリオを書きよったんや」

——がしかし、三日経ち、四日過ぎても状況は変わらなかった。死体は発見されず、佐伯のもとには、川背からも警察からも連絡は入らない。

佐伯は仕事が手につかなかった。電話が鳴るたびに緊張した。

「佐伯がいちばん気にしてたんは池内やった。上賀茂で別れる前、宇佐美と二人でつくロ止めして、有り金の四十万を無理やりバッグに押し込んだんやけど、女のことやし、いつ喋《しゃべ》るや知れん。もういっぺん脅しつけようと、クアトロや自宅に電話入れるんやけど、池内はどこにもいてへん。いっそのこと、死体を失くしてしもたら、こんなびくびくした日々は送らんでええやないかと、そう考えた」

二月四日、深夜、佐伯はベンツに、ハンティングナイフ、金のこ、鉈《なた》、ロープ、シャベル、スノーボート、衣装ケースを積んで川背へ向かった。

別荘内は腐臭に満ちていた。佐伯は吐き気をこらえて男の死体を炬燵から出し、衣服を脱がせた。死体の上半身は紫がかった緑褐色に変色し、下腹から脚にかけては皮膚が干からびてミイラのようになっていた。

佐伯は毛布に包んだ死体と解体の道具、衣装ケースをスノーボートに積み、それを曳《ひ》いて雪の積もった裏山を登った。山頂を越え、北側の斜面を一キロほど下った渓流沿いの窪地《くぼち》を解体現場に定《き》めて作業を開始したのは五日の午前四時、あたりの雪が錆《さび》色《いろ》に染まった。

「鬼気迫る情景やな。佐伯に恐怖心はなかったんかいな」

「そら人間やし、ないことはなかったやろ。けど、その恐怖感をねじまげて目的を遂行する強い精神力と集中力があいつにはある」

「佐伯、勉強ようできたんやろな」

「類《たぐい》まれなる才能も、ひとつ踏み外したら狂気に走るというええ例や」

「おまえ、お父さんに似てよかったな」

「そらどういう意味や。おれがあほやとでもいうんかい」

「少くとも博才はない」

　おふくろは花札を繰る手つきをして、「さ、続き、続き。話は佳境にさしかかってきた」

「佐伯、バラバラにした死体を二つに分けて衣装ケースに詰めた。布テープでぴっちり蓋《ふた》をして――」

――窪地に穴を掘って埋めた。土は凍っていて硬く、あまり深くは掘れなかった。埋め跡の上に雪を撒《ま》いて均《なら》し、血の付いた雪は渓流に捨てて流した。そのあと、別荘に戻ってスノーボートと、男のパジャマ、ガウン、ゴム長靴を焼却炉で燃やし、荒れた部屋を片付けた。男がガラスを割って侵入したと思われるバスルームの窓は内側から段ボールを張って補修した。ナイフ、金のこ、鉈は銅座アパートへの帰途、新御堂筋の新淀川《よどがわ》大橋から淀川に投げ捨てた。

「——と、これでいちおう死体の処理は終えたわけやけど、佐伯には衣装ケースを川背に埋めっ放しにしておく考えはなかった。いくら深い山の中とはいえ、別荘の近くに死体があるというのは危険すぎる。機会をみて掘り出し、永久処理をする肚《はら》やった」

「佐伯と池内さん、そのあと接触はせなんだんか」

「した。佐伯は二月六日の夜、クアトロに電話して、店がはねてから池内に会《お》うてる。……死体は宇佐美の要請で神戸川坂《かわさか》会の手によって処分された、もし喋ったら命の保証はできんと、そんなふうにいうて池内を脅しよった」

「神戸川坂会か……怖いな」

「いかにもありそうなうまい嘘や。池内は蒼い顔してうなずいてたそうやけど、その時はおそらく、吉松に別荘の殺人を話してしもたあとやった」

吉松は彰子が四十万円の口止め料を受け取ったと聞き、別荘の一件が金になると考えたに違いない。彼はガールフレンドの佐野克子にいって、カメラを入手した。

「佐伯、宇佐美にはどう報告したんや」

「死体は川坂会が処理した。先生のことはいっさい口に出してないし、万が一、事件が表沙汰《おもてざた》になっても、累が及ぶようなことは絶対にありませんというた」

「宇佐美、それで納得したんかいな」

「するにも、黙って聞いてるより策がない。キャスティングボートは佐伯が握ってるんや。……そやから、宇佐美はサオス建築設計事務所が広島芸工大のコンペに勝つよう必死の裏工作をした」

「いい気味やな。枕を高《たこ》うして寝られへん」

「二月十二日の日曜日、佐伯は吹田のガラス屋でガラスを買《こ》うた。寸法をいうてガラスを切ってもらい、ベンツに積んで別荘へ走った。バスルームの窓の段ボールを剝がしてガラスを入れた時、とんでもないことに気がついた。別荘の掃除はしたけど、男の指紋を拭《ふ》き取ってなかったんや。……佐伯は別荘中を雑巾《ぞうきん》がけした。玄関、トイレ、寝室、リビングを済ませて和室の襖《ふすま》を開けたら、かすかに屍臭《ししゅう》がする。調べると、炬燵のふとんとその下の畳に、ほんのわずかに茶色の染みがついとった」

佐伯は電気《でんき》炬燵《ごたつ》とふとんを北側の裏庭に運び出した。トイレの浄化槽の蓋をとって、中の汚物を柄杓《ひしゃく》で汲《く》み出し、それを染みのついた畳の上に流した。和室の雑巾がけを終えたあと、汚物を拭き取ってから、岩倉中町の花井畳店に電話を入れた。

「畳屋のおやじが畳を上げて持って行ったあと、佐伯は裏庭に出た。炬燵のヒーターを外して、ヤグラを壊し、ふとんといっしょに焼却炉へ入れて火を点《つ》けた。ヒーターは大阪に持ち帰って銅座アパートのごみ置場に捨てた」

私はビールを飲みほした。「寒い。風呂《ふろ》、入りたいな」

「もう冷めてる」

「ついさっき、入れというたやないか」

「こんなおもしろい話を中断してどないする。観客が怒るで」

「客やったら、チップのひとつも放らんかい」

「注文の多い子やな、ほんまに」

おふくろは台所へ行って、缶ビールを四本抱えて来た。「さあ、飲み。ホップや」

「かなわんな」

いいつつ、私は受け取って、「佐伯が別荘を出たんは十二日の午後八時。驚くなかれ、その数時間後に吉松慎哉が車を運転して川背へ行ったんや」

二月十二日、吉松はディキシーチキンを欠勤している。その日、大学時代の友人からカローラを借りたことが判明した。

「たぶん、吉松は死体が処分されたことを池内から聞いたはずや。もっと早《はよ》う別荘へ行くべきやったと臍《ほぞ》をかんだやろ。吉松がカメラを手に入れたんは二月五日やし、それは佐伯が死体をバラバラにした当日やった。……吉松は小悪党なりに考えた。別荘に死体はないけど、どこかに人殺しの痕跡《こんせき》がある。その痕跡を写真に撮ったら佐伯を強請《ゆす》れると踏んだんや」

吉松は寝室の窓を破って別荘内に侵入した。寝室、トイレ、リビングと、各部屋を数カットずつ撮影して和室に入ると、畳が一枚もない。炬燵もふとんもなかった。彼は残りのフィルムの大半を和室の撮影に使った。

「吉松、寝室から外へ出た。何ぞないかいなと裏へまわってみたら、焦げたような臭いがする。それで焼却炉の扉を開けると、中はまだ熱い。スコップで灰を掻き出したら、底に妙な形の金具とボルトがあった。……吉松、炬燵を燃やしよったなと、ぴんと来た。炉の内部を写真に撮ってから、金具とボルトをポケットに入れて別荘をあとにした」

——二月十六日、午後七時半、佐伯は表替えした畳を入れるため、別荘へ行った。花井が来るまでの間、各部屋を見まわると、寝室の窓が割れている。佐伯は何者かが別荘に侵入したことを知った。

「侵入者の正体は三日後に分かった。二月十九日、佐伯は吉松と名乗る男から電話を受けたんや」

吉松は池内彰子の友人だといい、別荘の事故について話がしたいといった。

午後九時、佐伯は淀屋橋のレストランで吉松に会った。吉松は別荘——畳のない和室と焼却炉の内部——の写真を示して金を要求し、佐伯は承諾した。

翌、二十日、佐伯は写真と引き換えに、吉松に百万円を渡した。約束に反して吉松はネガフィルムと炬燵の取付金具を持って来ず、その上、新たに百五十万円を要求した。

三月十五日、佐伯はネガフィルムを受け取って百二十万円を吉松に渡した。写真は何枚焼き付けられたか分からず、強請は永遠に続くと思われた。

三月二十五日、吉松は二百万円を要求してきた。佐伯は吉松と池内の口をふさぎ、金具と写真を奪い返すことを決意して、次の取引場所にハイム・アルカディアを指定した。

「——というのがことの顛末《てんまつ》や。満足したか、風呂入ってもええか」

「ひとつ質問。佐伯は吉松のアパートに忍び込んで何を盗んだんや」

「カメラとアルバム、写真の引換伝票や。金具は部屋中をひっくり返したけど、見つからんかった」

「伝票をネガと写真に換えたんは」

「何が写ってるか気になって仕方なかった。どうにも我慢できんようになって、親しい友達に取りに行かせた。……友達には、写真が談合入札の証拠物件である可能性があるし、もしそうなら暴力団が絡んでるかもしれんというて、自分では引き換えに行くなと言い含めたんや」

小野洋二は矢田幸弘から受け取った写真——南原いすずのセミヌード——を見て、なぜこれが談合がらみなのかと佐伯に訊《き》いた。佐伯は苦笑しながら、伝票が間違っていたらしいといい、それで小野はあっさり納得した。

「あとひとつだけ。佐伯は衣装ケースとロープをどこで手に入れたんや」

「おふくろもけっこう細かいな。……衣装ケースは二月四日の夕方、京都七条のスーパーで買うた。ロープは四月十二日に尼崎のディスカウントショップで買うた。ついでにいうと、青酸は、堺に特注のドアハンドルや手摺《てすり》を鋳造する工場があって、佐伯は四月八日にそこへ行き、おやじがちょいとそばを離れた隙に、ロッカーを開けてメッキ用の青酸カリをひとつまみくすねたということや」

――と、そこへ、壁の時計がボーンとひとつ鳴った。私はゆっくり立ち上がって、

「おふくろ、いつか佐伯が犯人やというたことあったな。とどのつまり、おふくろのいうとおりやったがな」

「先人のいうことには素直に耳を貸すもんや。肝に銘じとき」

「了解、そうします」

私は廊下に出ようとドアを開け、振り返った。「あ、そうそう、今日、伶子と二人で不動産屋に寄って来た」

「本契約したんやな」

「それが、……キャンセルした」

「キャンセル？……手付金、パーやないか」

「伶子のせいや。あいつ、急に気が変わりよった」

「おまえは甘い。女房教育はビシッとするもんや」

「伶子な、ここに住みたいといいよった」

「え……」

「あいつ、この家に住むというたんや」

「ほんま、ほんまかいな」

「毎晩、花札できるで」

「伶子さんと三人やったら花合わせができるわ」

弾んだ声でそういい、ほほえむおふくろの眼が潤んだように見えた。

あとがき

『ドアの向こうに』は一九八九年五月に講談社推理特別書下ろし作品として刊行された。八九年といえば、わたしが四十歳、バブルの絶頂期に書いた作品だ。当時は高校の教師を辞めて作家専業になっていたが、収入が激減し、株の売り食いでしのいでいたころである。この作品は〝特別書下ろし〟と銘打っていたから著者に別途の取材費が出て、それがほんとにありがたかったことを憶《おぼ》えている。わたしもほんの少しはバブルの恩恵に浴したのだろう。

　それにしても十五年前の作品は懐かしい。ストーリーはきれいさっぱり忘れて、大阪文化と京都文化の軋轢《あつれき》を書いたものだとしか印象に残っていなかった。改めて読み返してみると、なんとガチガチの本格派パズラーではおまへんか、なのである。それまでの『二度のお別れ』『雨に殺せば』『八号古墳に消えて』『海の稜線』に比べて本格趣味がもっとも強く出ているのは、やはり〝密室殺人〟を扱ったからにちがいない。この粗雑な頭でよくもまぁ、こんなややこしいトリックを考えたもんや、と感心してしまった。四十歳のわたしと五十五歳のわたしは、たぶんどこかに断層があって、人格が変わっているのだろう。この作品あたりを境にして、わたしは徐々に本格からハードボイルドに移行していったように思う。

『ドアの向こうに』の講談社版文庫解説で、文芸評論家の香《か》山《やま》二三《ふみ》郎《ろう》さんがこんなふうに書いてくれている。

ところで大阪府警といえば、街に密着したソフトな体質が特徴だといわれる。小説の中の府警捜査一課に生活臭を漂わせた個性的な面々が揃っているのも現実を反映させてのことなのかもしれないが、そうした体質は反面、汚職や暴力団との癒着、警官犯罪等、数々の社会的事件をも引き起こしている。大阪府警を扱う以上、いつかはその手の悪徳警官ものにチャレンジしてほしいと思っているのはぼくだけではあるまい。シリアスこのうえないこのテーマを著者ならいったいどのように捌《さば》いてみせるのだろう。「ブンと総長」コンビが次にどんな事件に立ち向かうことになるのか、ぼくは今、興味津々で待っているところである。

と、この香山さんの指摘が九〇年の『アニーの冷たい朝』や九二年の『封印』につながり、それ以降の『迅雷』などにつながったのではないかと、いまになってわたしは思う。権力は腐敗するものであり、その最たるものが政治家や官僚（すなわち警察庁官僚をトップとする警察機構）だというのが、四十路《よそじ》にさしかかったわたしの考えではあった。

ともあれ、『ドアの向こうに』で、ブンは総長の娘さんとめでたく結婚した。義理の父子《おやこ》がコンビで捜査をつづけるというのは、いくら小説でも書きにくい。だから次の作品『絵が殺した』では、ブンの同僚の吉永誠一《よしながせいいち》を主人公にした。〃出たとこ勝負〃〃行きあたりばったり〃が、わたしの好きな言葉であり、五十をすぎてからは〃棚からぼた餅《もち》〃〃果報は寝て待て〃がもっと好きになった。

（このあとがきは、創元推理文庫版に収録されたものです）

参考文献

『日本人を考える』司馬遼太郎（文春文庫）

解説

福井健太

ユニークな試みが導入された初期作品は、作家の新たな魅力に出会うきっかけになり得る。黒川博行《くろかわひろゆき》が一九八九年に発表した『ドアの向こうに』はその好例だろう。改めて略歴を書いておくと、黒川博行は一九四九年愛媛県生まれ。六歳の頃から大阪府に住み、京都市立芸術大学美術学部（彫刻科）を卒業。ダイエーの建設部店舗意匠課に勤めた後、大阪府の高校で美術教師に就任。八三年に『二度のお別れ』が第一回サントリーミステリー大賞の佳作に入選し、翌年に同作でデビューを遂げた。八四年には『雨に殺せば』で第二回サントリーミステリー大賞佳作、八六年には『キャッツアイころがった』で第四回サントリーミステリー大賞に選ばれている。

八七年に専業作家に転じ、九六年に「カウント・プラン」で第四十九回日本推理作家協会賞（短編および連作短編集部門）、二〇一四年に『破門』で第百五十一回直木賞を受賞。大勢の刑事たちが活躍する〈大阪府警捜査一課〉シリーズ、建設コンサルタントの二宮啓之と暴力団幹部・桑原保彦が窮地に陥る〈疫病神〉シリーズ、元刑事の競売屋コンビのシノギを描く〈堀内・伊達〉シリーズに加えて、現代的な社会問題を扱うサスペンスにも定評のある大御所だ。

長篇九冊と短篇集二冊が書かれた〈大阪府警捜査一課〉シリーズでは、エド・マクベインの〈87分署〉シリーズや藤原《ふじわら》審爾《しんじ》の〈新宿警察〉シリーズなどと同じく、頻繁にキャストが変わる群像劇スタイルが採られている。テレビドラマ化されたタイトルも多いが、全四本の『警視庁黒豆コンビ』（主演＝大地《だいち》康雄《やすお》）は警視庁、〇四年から一四年まで続いた『刑事吉永誠一　涙の事件簿』（主演＝船越《ふなこし》英一郎《えいいちろう》）は神奈川県警の話であり、原作とは雰囲気や味わいが大きく異なる。ドラマのイメージで小説を手にした人は、刑事たちの大阪弁のおっさんぶりに驚くかもしれない。

巡査部長・文田浩和（ブン）と部長刑事・総田脩（総長）が初登場するシリーズ第三長篇『海の稜線』は、男女を乗せた車の爆破事件を発端として、偽装海難事故の疑惑を追う話だった。専門知識を活《い》かしたプロットや軽妙な会話、東大卒の若手キャリア・萩原薫と文田の東京vs大阪論争などが印象的な快作だ。シリーズ第六長篇『ドアの向こうに』はその姉妹篇にあたる。

羽曳野《はびきの》市にある竜王《りゅうおう》橋の工事現場で奇妙なバラバラ死体——腐った頭部とミイラ化した脚部が掘り出された。病院から消えた前科三犯の男・古川総次郎の死体だと判明し、文田と総田は後輩の五十嵐晴夫とともに生前の足取りを追う。その矢先、豊中《とよなか》市でホステスの池内彰子とバーマネージャー・吉松慎哉の変死体が発見された。現場のマンションは内側から施錠されており、池内が吉松を毒殺して首を吊《つ》ったと思われたが、下駄《げた》箱から建築雑誌と竜王橋事件の記事の切り抜きが見つかり、刑事たちは関連性を探ることになる。

本作の見所として真っ先に挙げるべきは、読者を楽しませる手数の多さ——つまりはエンタテインメント志向の強さに違いない。刑事たちの掛け合いだけではなく、文田の私生活パートでも母親との推理談義が展開される。五十嵐が言及する『刑事コロンボ』のエピソード「パイルD‐3の壁」がクライマックスに重なるのも、映像作品好きの著者らしい演出と言えそうだ。

先述した『海の稜線』と同じく、本作にも地域対立ネタが使われている（今回は京都vs大阪）。キャラ付けを好む大阪人が他所と張り合う姿は、漫画やテレビ番組に頻《ひん》出《しゅつ》するベタネタだが、それを小説に使う発想は珍しい。いかにもな台詞を作って戯画化し、適当なところで収めるバランス感覚は経験と実感に基づくものだろう。

そしてもう一点。著者のハードボイルドや社会派サスペンスに接してきた読者は、本作の謎解きを意外に思うかもしれない。異様な死体、不可解な証拠物件、テレビドラマのお約束めいたヒントタイム（食事シーン）、誤った推理の提示、密室殺人のトリックといった構成要素は、オーソドックスな本格ミステリのキャッチーさを備えている。ポップな会話やベタな文化論、建築業界の蘊蓄《うんちく》などを揃えたうえで、本格ミステリの意匠を盛りつけ、徹底的に娯楽性を詰め込んだ意欲作なのである。

文田と総田の〈ブンと総長〉コンビは本作で見納めだが、両者は『絵が殺した』『大博打』にも顔を出しており、文田は「飛び降りた男」（『てとろどときしん』所収）で同僚の吉永誠一に悪戯《いたずら》を仕掛けていた。ここには群像小説ならではの楽しさがある。

最後に〈大阪府警捜査一課〉シリーズのリストを載せておこう。行末に主役刑事の名前を記す。他の面々が脇役として登場することも多いので、なるべく全体を通して読むことをお勧めしたい。

『二度のお別れ』文藝春秋（八四）→文春文庫（八七）→創元推理文庫（〇三）→角川文庫（一七）／黒田憲造・亀田淳也
『雨に殺せば』文藝春秋（八五）→文春文庫（八八）→創元推理文庫（〇三）→角川文庫（一八）／黒木憲造・亀田淳也
『海の稜線』講談社（八七）→講談社文庫（九〇）→創元推理文庫（〇四）→角川文庫（一九）／文田浩和・総田脩
『八号古墳に消えて』文藝春秋（八八）→創元推理文庫（〇四）／黒木憲造・亀田淳也
『切断』新潮社（八九）→新潮文庫（九四）→創元推理文庫（〇四）→角川文庫（一

八）／久松貞一・曾根克志

『ドアの向こうに』講談社（八九）→講談社文庫（九三）→創元推理文庫（〇四）→角川文庫（二〇）／文田浩和・総田脩　※本書

『絵が殺した』徳間書店（九〇）→徳間文庫（九四）→創元推理文庫（〇四）／吉永誠一・小沢慎一

『アニーの冷たい朝』講談社（九〇）→講談社文庫（九三）→創元推理文庫（〇五）→角川文庫（二〇）／谷井圭作・矢代功一

『てとろどときしん　大阪府警・捜査一課事件報告書』講談社（九一）→講談社文庫（〇三）→角川文庫（一四）／黒木憲造・亀田淳也・吉永誠一・三柴・野村　※短篇集

『大博打』日本経済新聞社（九一）→新潮文庫（九八）／竹内・矢代紀一

『カウント・プラン』文藝春秋（九六）→文春文庫（〇〇）→埼玉福祉会（上下巻／一三）／樋本・大村・柿本・種谷・松坂・伊村・安積・梶野・吉良・嶋田　※短篇集

本書は二〇〇四年七月、創元推理文庫から刊行されました。
作中に登場する人名・団体等は、すべてフィクションです。
また、事実関係は執筆当時のままとしています。

ドアの向《む》こうに

黒《くろ》川《かわ》博《ひろ》行《ゆき》

令和2年 10月25日　初版発行
令和6年 11月25日　5版発行

発行者●山下直久

発行●株式会社KADOKAWA
〒102-8177　東京都千代田区富士見2-13-3
電話　0570-002-301（ナビダイヤル）

角川文庫 22377

印刷所●株式会社KADOKAWA
製本所●株式会社KADOKAWA

表紙画●和田三造

●お問い合わせ
https://www.kadokawa.co.jp/（「お問い合わせ」へお進みください）
※内容によっては、お答えできない場合があります。
※サポートは日本国内のみとさせていただきます。
※Japanese text only

ISBN 978-4-04-109975-9　C0193

角川文庫発刊に際して

角川源義

第二次世界大戦の敗北は、軍事力の敗北であった以上に、私たちの若い文化力の敗退であった。私たちの文化が戦争に対して如何に無力であり、単なるあだ花に過ぎなかったかを、私たちは身を以て体験し痛感した。西洋近代文化の摂取にとって、明治以後八十年の歳月は決して短かすぎたとは言えない。にもかかわらず、近代文化の伝統を確立し、自由な批判と柔軟な良識に富む文化層として自らを形成することに私たちは失敗して来た。そしてこれは、各層への文化の普及滲透を任務とする出版人の責任でもあった。

一九四五年以来、私たちは再び振出しに戻り、第一歩から踏み出すことを余儀なくされた。これは大きな不幸ではあるが、反面、これまでの混沌・未熟・歪曲の中にあった我が国の文化に秩序と確たる基礎を齎らすためには絶好の機会でもある。角川書店は、このような祖国の文化的危機にあたり、微力をも顧みず再建の礎石たるべき抱負と決意とをもって出発したが、ここに創立以来の念願を果すべく角川文庫を発刊する。これまで刊行されたあらゆる全集叢書文庫類の長所と短所とを検討し、古今東西の不朽の典籍を、良心的編集のもとに、廉価に、そして書架にふさわしい美本として、多くのひとびとに提供しようとする。しかし私たちは徒らに百科全書的な知識のジレッタントを作ることを目的とせず、あくまで祖国の文化に秩序と再建への道を示し、この文庫を角川書店の栄ある事業として、今後永久に継続発展せしめ、学芸と教養との殿堂として大成せんことを期したい。多くの読書子の愛情ある忠言と支持とによって、この希望と抱負とを完遂せしめられんことを願う。

一九四九年五月三日